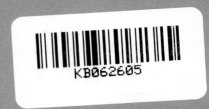

약, 알고 먹는 거니?

그림으로 보는 우리 집 약국

약, 알고 먹는 거니?

펴낸날 | 2023년 6월 28일 초판 1쇄

지은이 | 최서연
펴낸이 | 이태권

책임편집 | 윤주영
북디자인 | 고현정
펴 낸 곳 | 소담출판사
서울특별시 성북구 성북로5길 12 소담빌딩 301호 (우)02880
전화 | 02-745-8566 팩스 | 02-747-3238
등록번호 | 1979년 11월 14일 제2-42호
e-mail | sodambooks@naver.com
홈페이지 | www.dreamsodam.co.kr

ISBN 979-11-6027-313-7 (03810)

- 책값은 뒤표지에 있습니다.
- 잘못된 책은 구입하신 곳에서 교환해드립니다.

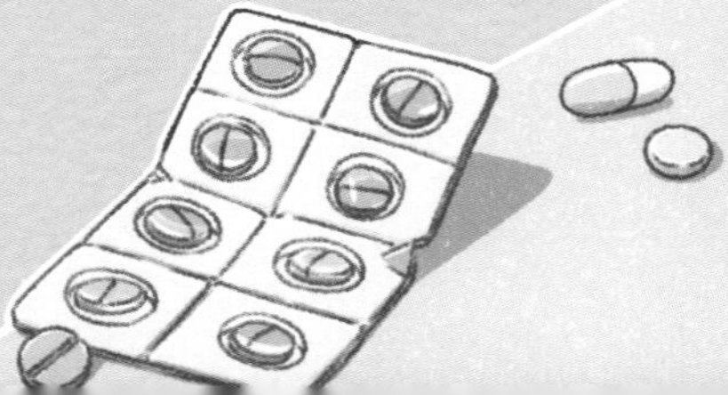

그림으로 보는 우리 집 약국

약, 알고 먹는 거니?

그림 그리는 약사 **최서연** 지음

소담출판사

차례

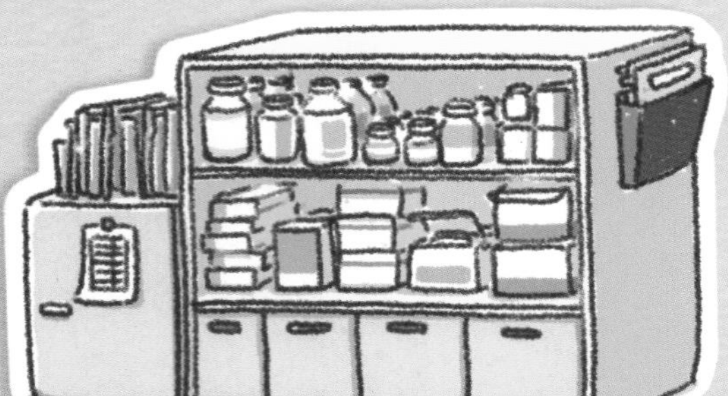

일러두기

일부 단어는 사전에 등록되어 있지 않으나, 입말을 살리기 위해 그대로 기재했습니다.

1장 감기에 걸렸어요

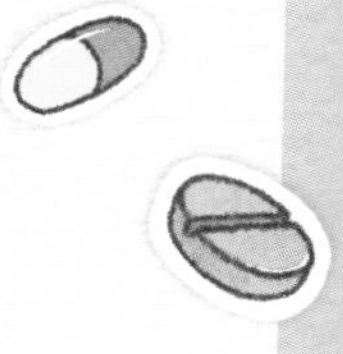

2장 상처가 났어요

3장 속이 불편해요

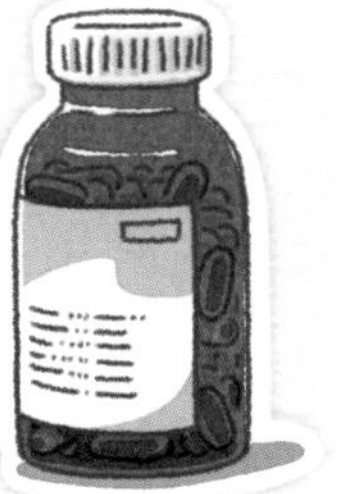

4장 피부에 뭐가 나요

5장 여성들만 아는

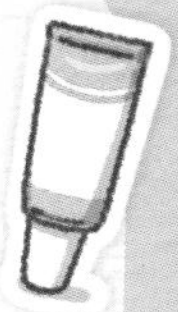

6장 이럴 땐, 어떤 약을 써야 하나요?

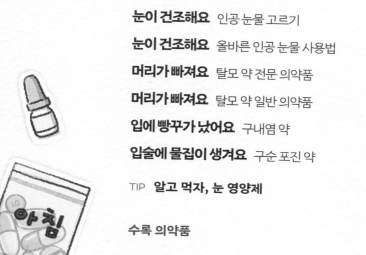

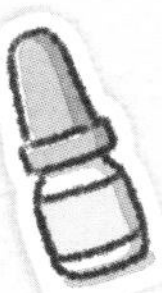

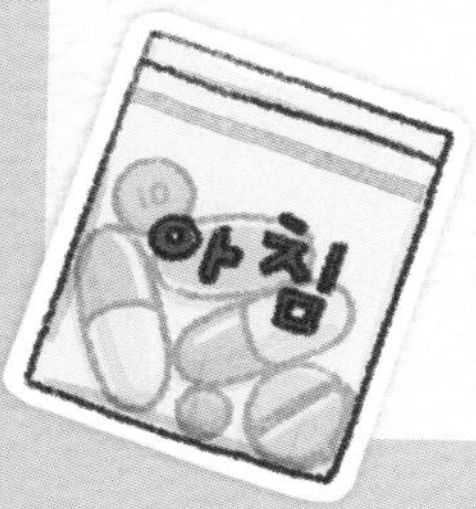

1장

감기에 걸렸어요

감기약 주세요
-감기약 사는 법

감기약, 혹시 이렇게 구매하시나요?

'종합 감기약' 하나 주세요.
OO이 잘 듣는다던데, 그 약 있나요?

무려 200여 종!

'감기'는 바이러스가
상기도에 감염되어 생기는
감염병이고,

'감기약'은
몸이 바이러스와 싸우면서 발생하는 여러 증상을
견딜 만하도록 완화시켜 주는 약입니다.

그러니까 '감기약'에는…

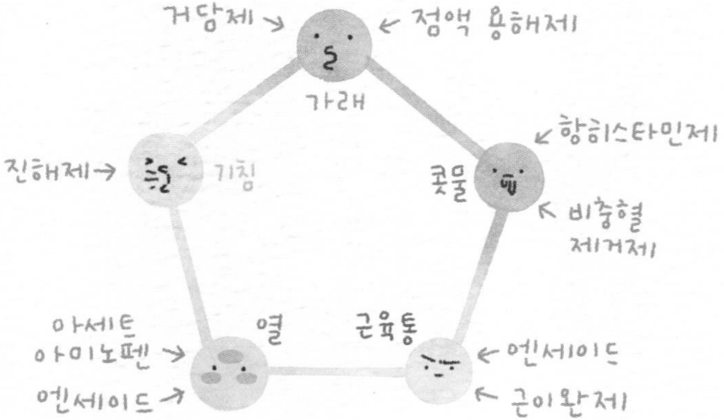

거담제 →
← 점액 용해제
가래
← 항히스타민제
콧물
← 비충혈 제거제
진해제 →
기침
아세트아미노펜 →
엔세이드 →
열
근육통
← 엔세이드
← 근이완제

감기 증상만큼이나 여러 종류의 약이 포함돼요.

이 다양한 약들을 다양-한 조합으로
묶어 놓은 것이 바로 '종합 감기약'!

그래서 아무 감기약이나 일단 먹고 보면,

괜히
필요 없는 약을 먹고
부작용을 겪거나

같은 성분을 중복 투여해
과량 복용하거나,

정작 필요한 약은
필요한 만큼
복용하지 못할 수도 있어요.

감기약을 구매하는 올바른 방법

증상이 어떠신데요?
열나고 콧물이 나요. 기침은 없네요.

1. 각자의 증상이 가장 중요합니다.
자세히 알려 주세요.

이거 먹어도 되는지 한 번 봐주세요.

2. 집에 있는 약도 상담 후 드세요.

+ 감기에 대한 오해 1

이봐, 이봐,
열 좀 있네!
야, 감기는
초장에 잡아야 돼.
쎈 약, 내가 알아.

감기약은
증상을 완화시켜 줄 뿐,
원인을 치료하는 약이 아닙니다.
그러니까 초장에 잡고 말고
할 게 없어요.

✚ 감기에 대한 오해 2

감기 이까이꺼
병원은 왜 가

내가 의지의 한국인이여

감기는 '급성' 질환입니다.
단기간 안에 증상이 완화된다는 뜻!

7-10일
극뽁!

그러니까 감기 증상이 2주 이상 지속된다면
병원에 가 보시는 게 좋아요.

열이 나요
- 해열제

해열제는 두 종류로 나누어 생각하세요!

해열·진통제

아세트아미노펜

VS

해열·진통·소염제

그 외
(이부프로펜,
덱시부프로펜 등)

이 약들을 통틀어 '엔세이드'라고 해요.

해열제는 모두 진통제이기도 합니다.

감기로 인한 인후통이나 근육통은 물론이고,

두통! 치통! 생리통! 에도 다 쓰여요.

그래서 성분을 확인하지 않고 이 약 저 약 먹다 보면
같은 약을 과량 복용하게 될 수 있습니다.

과량 복용 시
아세트아미노펜은 간 독성
엔세이드는 신장 독성이
있어요.

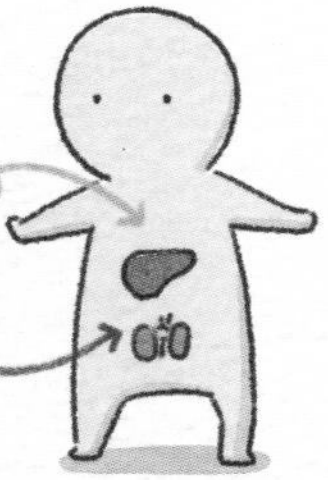

그러니까, (의사의 특별한 처방이 없는 한)

하루 최대 용량을 넘기면 안 돼요!

아세트아미노펜 4000mg / 일
이부프로펜 3200mg / 일
덱시부프로펜 1200mg / 일
(성인기준)

특히, '서방정', '이알(ER)', '8시간' 등의
문구가 들어간 이름의 약들은
최소 8시간의 복용 간격을 꼭 지켜야 합니다.

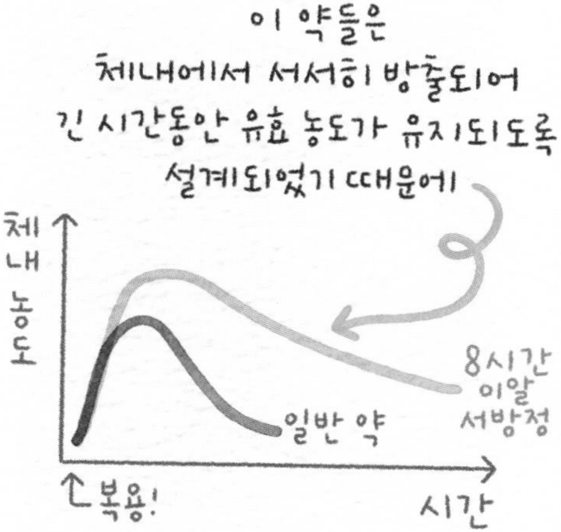
이 약들은
체내에서 서서히 방출되어
긴 시간동안 유효 농도가 유지되도록
설계되었기 때문에
체내 농도
8시간 이알 서방정
일반 약
복용!
시간

복약 간격을 지키지 않으면
독성이 나타날수 있어요.
체내 농도
DANGER!
8시간 되기 전 재복용
복용!
시간

열이 너무 안 떨어져서 교차 복용을 할 경우에는

아세트아미노펜 + 엔세이드 조합으로 복용해야 합니다.

그 리 고...

하지만 엔세이드는 식후에 복용해야 합니다.

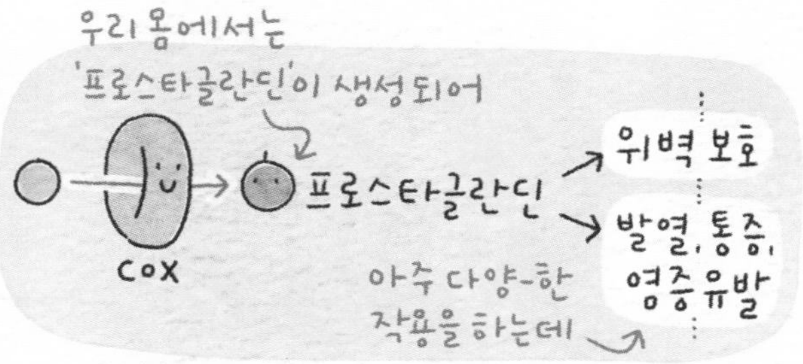

엔세이드는 프로스타글란딘의 생성을 억제해서

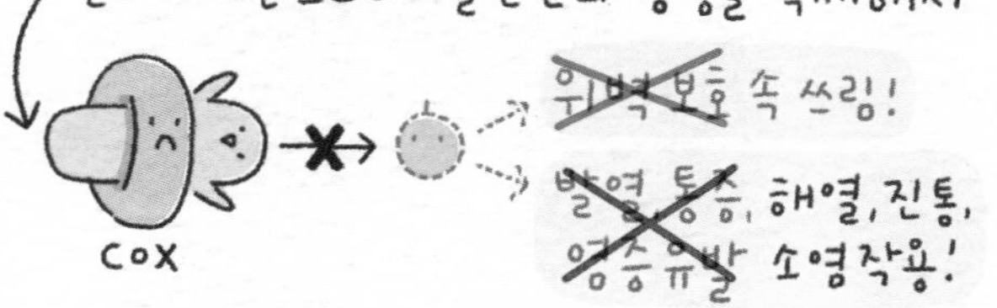

COX
위벽 보호 속 쓰림!
발열, 통증, 해열, 진통,
염증 유발 소염 작용!

약효도 부작용도 나타내거든요.

그래서 엔세이드는
부작용(위장 장애)을 줄이기 위해
식후에 복용하는 것이 좋습니다.

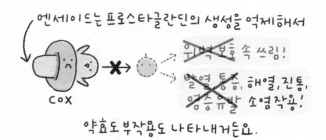

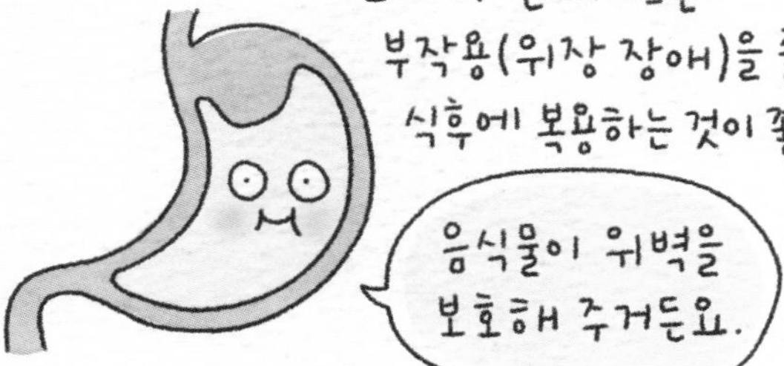

마지막으로, (모든 약이 그렇긴 하지만..)
음주 후 아세트아미노펜 복용은 안 돼요.

* 엔세이드도 음주 후 복용 시 위장 출혈을
유발할 수 있으니 주의하세요.

콧물이 나요
- 항히스타민제

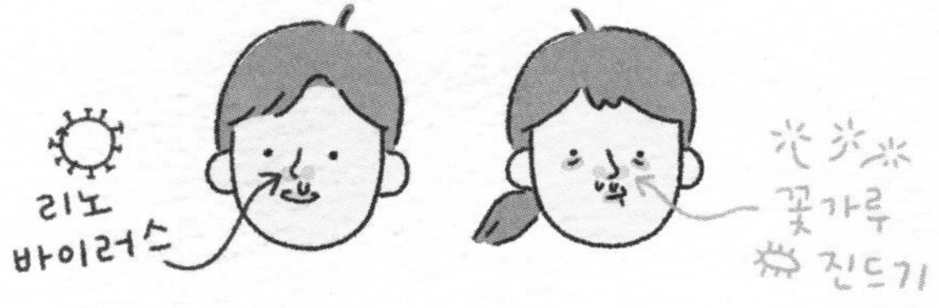

코감기나 알레르기성 비염 환자분들은
(지긋지긋한) 콧물에 시달리게 되죠.

외부에서 들어온 침입 물질을 제거하기 위한
면역 반응으로 분비된 '히스타민'이

눈물, 콧물, 재채기, 가려움증 등을
유발하기 때문입니다.

그래서 히스타민의 과도한 작용을 억제하는
'항히스타민제'가
먹는 콧물 약으로 쓰입니다.

그런데 모든 항히스타민제는
졸음을 유발해요.

감기약 먹고
졸아 본적
있잖아요

그래서 항히스타민제를 복용할 때는...

운전 및 위험한 기계 조작을
피해야 하고

12345
BUS

DANGER!

음주도
(당연히) 안 됩니다.

부작용을 증가시켜요!

그렇지만, 성분별로 부작용 정도가 다르기 때문에

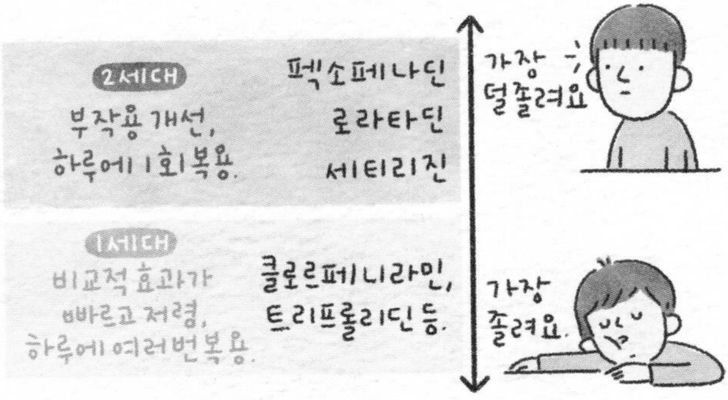

졸음 부작용을 피해야 하는 분들은
약사에게 꼭 알려 주세요.

코가 막혀요
-비충혈 제거제

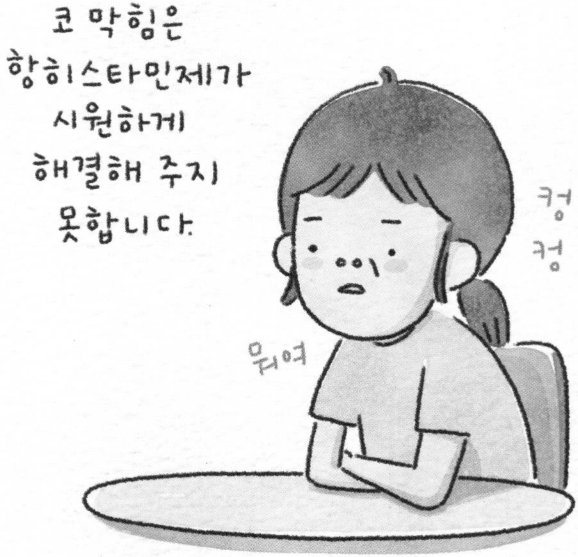

코 막힘은
항히스타민제가
시원하게
해결해 주지
못합니다.
킁
킁
뭐여

코 막힘을 완화시키려면

콧물의 양을 줄이는 것뿐 아니라

부어오른 코 점막의 부종을 가라앉히는 것이

중요하기 때문입니다.

코 막힘에는 '비충혈 제거제'가

필요합니다.

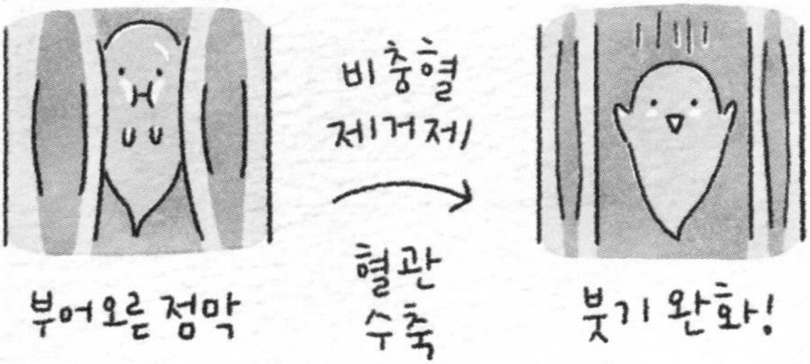

먹는 약에는 두 종류가 있는데,

- 슈도에페드린
- 페닐에프린

(코감기 약에 항히스타민제와 함께 들어 있어요.)

슈도에페드린이 효과가 더 좋아요.

✚ 항히스타민제와 반대 양상의 부작용이 나타날 수 있습니다.

진정, 졸음, 집중력 저하 등. ⟷ 긴장, 불면, 두근거림 등.

비충혈 제거제는
코에 직접 뿌리는 국소 제제도 있어요.

이게 막힌 코를 바로 뻥 뚫어 주니까,

자꾸 뿌리고 싶어지지만...

절대 절대 절대 과용해서는 안 되는 약입니다.

급성 비염에 3-4일 정도씩
간헐적으로 사용하는 것이 좋고

MON TUE WED THU FRI SAT SUN 경고!

절대! 7일 이상 연속해서
사용하면 안 됩니다.

정해진 용법보다
과용하면,

약으로도 치료하기 어려운
더 심한 비염이 생길 수 있기 때문입니다.

성분: 자일로메타졸린, 옥시메타졸린, 나파졸린
ex) 오트리빈 비강 분무액, 레스피비엔액 등.

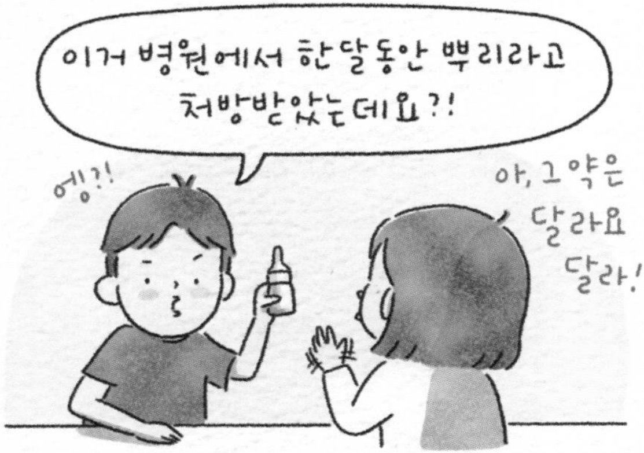

	전문 의약품	일반 의약품
성분	스테로이드	비충혈 제거제
효과 발현까지	5-7일	30초-5분
연용 기간	처방에 따라 장기간 안전하게 사용 가능	필요시에만 단기간! (3-4일)

기침이 나요
- 진해 거담제

기침은 인체의
중요한 방어 기전!
심하지 않다면
꼭 약을 먹을 필요는
없지만...

일상생활에 불편을 준다면 약이 도움이 될 수 있죠.

대부분의 기침감기약에는...

기침약(진해제)	가래약(거담제)
덱스트로메토르판	브롬헥신
메틸에페드린	암브록솔
티페피딘	구아이페네신
노스카핀	염화 암모늄
트리메토퀴놀	카르보시스테인
⋮	⋮

기침약과 가래약이
다양하게
조합되어 있어요.

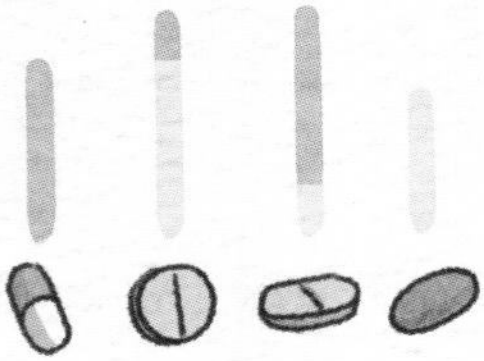

만약 가래가 동반된
기침이라면,

기침 완화를 위해
가래 배출을 돕는
거담제 사용이 중요합니다.

거담제를 충분히 복용하실 수 있는 약을 드릴 거예요.

ex) 후루케어캡슐, 기가렉스연질캡슐 외 다수

가래가 없는
건성 기침에는
진해제가 주성분인 약을
드시는게 좋겠죠.
ex) 시노코프캡슐 등.

기침이
안 떨어지네요.
걸걸 ~

만약 기침이 3주 이상 지속된다면
병원으로 가셔야 합니다.

다른 질환으로 인한
증상이거나,
기존에 복용 중인
다른 약에 의한
부작용일 수 있어요.

집에 상비된 기침감기약을 복용할 때
주의할 점이 있어요.

12세 미만 어린이는
복용하면 안 되는 약이
있거든요.

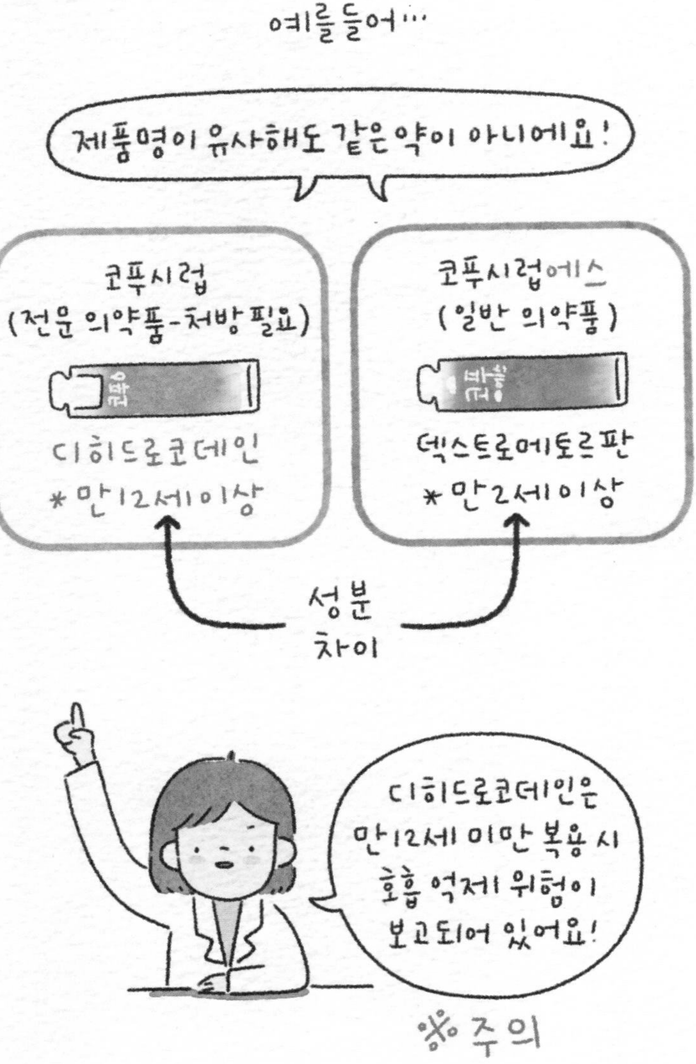
예를 들어…
제품명이 유사해도 같은 약이 아니에요!
코푸시럽
(전문 의약품-처방 필요)
디히드로코데인
*만 12세 이상
코푸시럽에스
(일반 의약품)
덱스트로메토르판
*만 2세 이상
성분 차이
디히드로코데인은 만 12세 미만 복용 시 호흡 억제 위험이 보고되어 있어요!
※주의

목이 아파요
- 인후통 국소 제제

목이 칼칼한 게.. 감기에 걸리려나

이 정도로 병원에 가기는 좀 그렇고,
할 일은 많은데..

인후두에 작용하는 국소 제제를 써 볼 수 있어요.

이 약들은
- 적용이 간편하고
- 효과가 빠른 편이라는

장점이 있어요.

〈 복용법 〉

인후 스프레이

가볍게 내쉬는 숨에
목구멍을 향해
분사해 주세요.

트로키제
입에서 부수지 말고
천천히 녹여 드세요.
(요리조리 굴려 드세요.)
트로키제
두 종류가 있지요
목이 따끔거리고 아파요.
통증 좀 어떻게 해 주세요.
이렇게 인후통이 주증상이신 분들은..
→ '플루르비프로펜' 트로키 추천!
(소염 진통제).
ex) 스트렙실, 모가프텐 등.

일시적으로 빠르게 증상을 완화시켜 줍니다.
* 12세 이상 복용 가능

목이 골골해요. 기침도 하고, 아프고, 가래도 좀 있는 것 같고..

⇒ '세틸피리디늄 + 진해 거담제' 트로키 추천!

ex) 미놀에프, 콜골, 요플레이 등.

인후통 외 기침, 가래, 목쉼 등의 증상이 있을 때에도 복용할 수 있는 복합 제제입니다.
* 만 8세 이상 복용 가능

이거 완전
사탕이네~
NO
나이에 맞는 용법·용량에 따라
복용해야 하는 '의약품'입니다.

인후 스프레이
세 종류가
있지요.

통증이 심하지는 않은데,
목이 깔깔한 게…
말을 해야 하는 직업이라
아프면 안 되거든요.

⇒ '포비돈 요오드' 인후 스프레이 추천

항균력 ■■■■■
염증 완화 □□□□□
진통 □□□□□

ex) 베타딘 인후 스프레이,
포비딘 인후 스프레이 등.

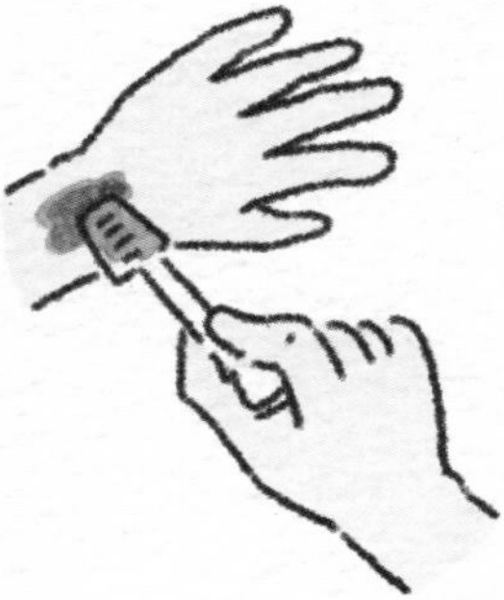

상처 소독에 쓰이는
빨간약과 같은 성분!
(농도가 다릅니다.)

살균·소독 효과가 좋아,
증상이 심하지 않은
초기 인후염에 추천해요.

열은 안 나는데,
목이 좀 붓고 아파요.
목소리도 좀 쉰 듯.

⇒ '세틸피리디늄 + 수용성아줄렌' 인후 스프레이 추천!

항균력 ■■■■□ 염증 완화 ■■■□□ 진통 □□□□□

ex) 목앤스프레이, 모겐쿨스프레이 등.

혹은,

⇒ '소염 진통제' 성분의 인후 스프레이!
(벤지다민, 플루비프로펜 등)

항균력 ■□□□□ 염증 완화 ■■■■□ 진통 ■■■■□

통증 완화에
효과적인 약이에요.

ex) 탄툼베르데네뷸라이저, 목앤파워스프레이 등

따끈한
꿀물한잔!
목이 건조하지
않도록
관리하는 것도
잊지 마세요!

알고 먹자,

편의점 약

편의점에서는
'안전상비의약품' 13종을
판매하고 있습니다.

편의점 약을 복용할 때는...

설명서는 필독!
용법·용량을 지켜 주세요.

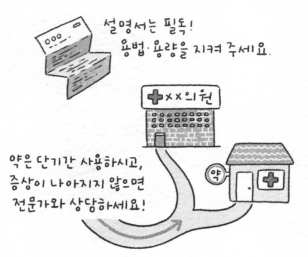

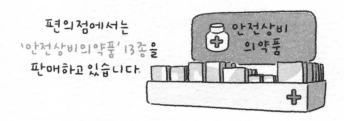

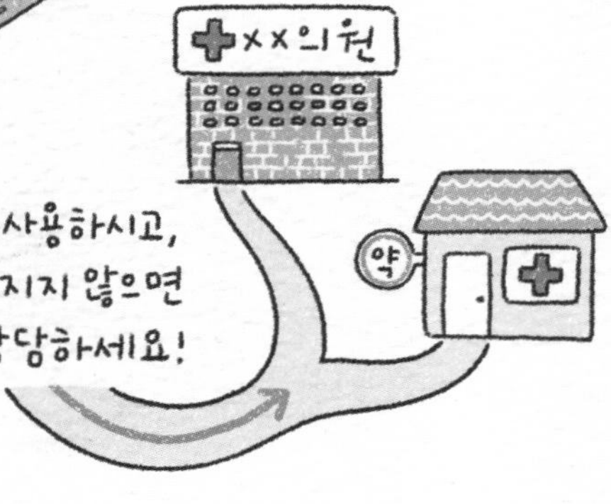

약은 단기간 사용하시고,
증상이 나아지지 않으면
전문가와 상담하세요!

열 날 때 → 어린이부루펜시럽
어린이타이레놀현탁액
어린이용타이레놀정80mg
타이레놀정160mg
타이레놀정500mg

열나고
콧물 날 때 →

판피린티정

열나고
콧물나고
기침 가래 있을 때 →

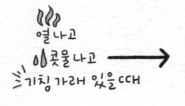

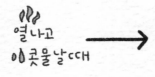

판콜에이
내복액

주말의 만찬
소화제가 필요할 때

편의점 소화제는 모두
'소화 효소제' 입니다.

음식물의 분해를 돕는다!

* 만 7세 이하 복용금지

이론적으로는...

기름진 음식을
먹었을 때는
↓
'리파아제' 함량이 높은
닥터베아제가

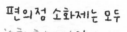

장내 가스로 인한
복부 팽만감이 심하다면
↓
'시메티콘' 함량이 높은
훼스탈골드가

조오-금 더 효과가 좋을 수도 있겠으나,

어느 약을 먹어도 괜찮습니다.

- 훼스탈골드정
- 훼스탈플러스정
- 베아제정
- 닥터베아제정

다만, 과식이나 소화 효소 부족으로 인한 증상이 아니라면 약국 약이 필요할 수 있어요.

특히, 증상이 만성적일 때는 꼭 병원으로 가 보세요.

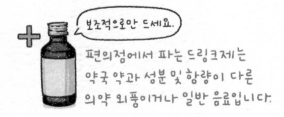

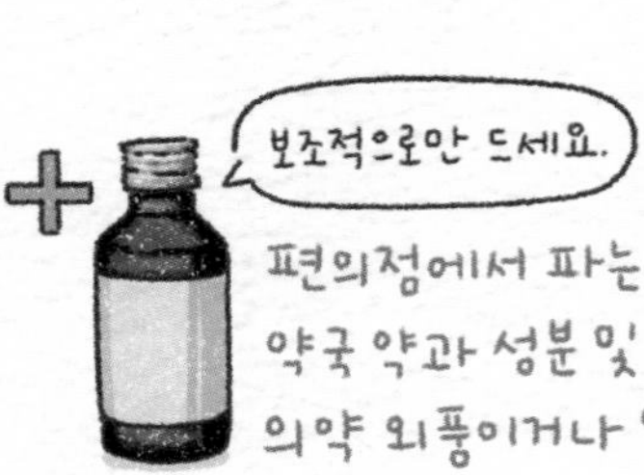

편의점에서 파는 드링크제는 약국 약과 성분 및 함량이 다른 의약 외품이거나 일반 음료입니다.

편의점 안전상비의약품 중 파스는 2개 제품이 있고,

- 제일쿨파프
- 신신파스아렉스

[의약외품]

이외 다른 파스들은 의약품이 아닙니다.

차이점은?

진통 소염제의 유무!

의약 외품 파스에는
냉감/온감을 자극하는 성분만 들어 있어요.
(멘톨, 캄파, 노닐산바닐릴아미드..)

후끈하거나
시원한
느낌으로
?
통증을 잠시
감추어 줍니다.

안전상비의약품 파스에는
진통 소염제(살리실산메틸)도 들어 있어요.

약이 피부로
흡수되어

염증 및 통증을 완화시켜 줍니다.

* 넓은 표면에 장기간 사용은 피해 주세요.

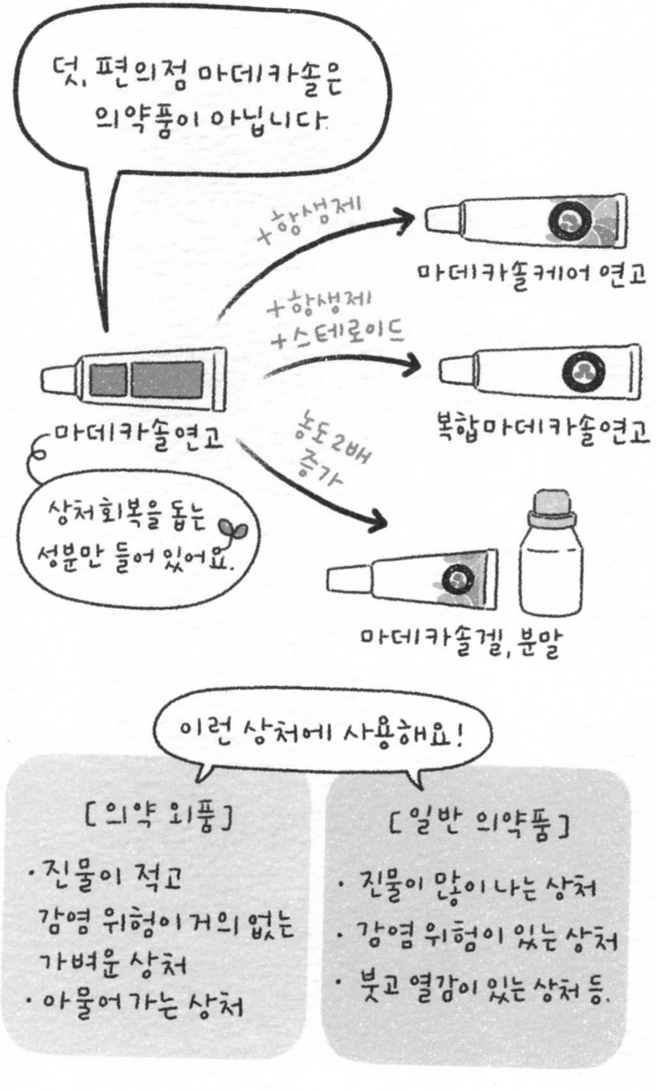

덧, 편의점 마데카솔은 의약품이 아닙니다.
+항생제
마데카솔케어 연고
+항생제
+스테로이드
복합마데카솔연고
마데카솔연고
농도 2배 증가
상처회복을 돕는 성분만 들어 있어요.
마데카솔겔, 분말
이런 상처에 사용해요!
[의약 외품]
· 진물이 적고 감염 위험이 거의 없는 가벼운 상처
· 아물어 가는 상처
[일반 의약품]
· 진물이 많이 나는 상처
· 감염 위험이 있는 상처
· 붓고 열감이 있는 상처 등.

휴일이나 늦은 밤,
약사의 도움이 필요할 때는

'휴일지킴이약국'을 검색해 보세요!

pharm114.or.kr

Pharm114
휴일지킴이약국

- 날짜 : 년 월 일
- 시간 : ~
- 지역 : 선택 선택

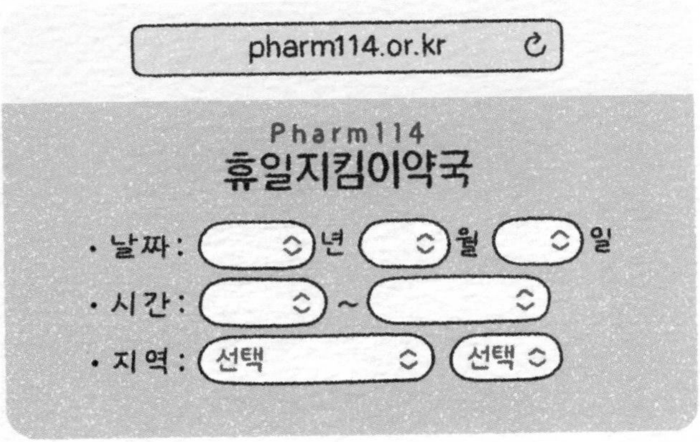

2장

상처가 났어요

다쳐서 피가 나요
-소독이 필요한 경우

예전에는 다치면 일단 소독부터 하고는 했었는데...
(심지어 엄청 아픈 약으로...)

소독이 항상 필요하지는 않아요.

피부 조직이 손상되면 우리 몸에서는
회복을 위한 연쇄 반응이 시작됩니다.

그런데
세포 독성이 있는 소독약은
병원균을 죽이는 동시에

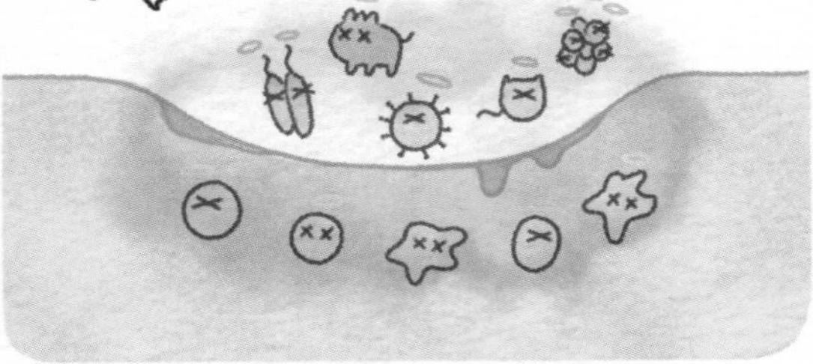

정상 세포까지 공격해서
오히려 재생을 더디게 할 수 있어요.

약의 사용 여부를 결정할 때 기본 원칙은
약이 주는 이점이 약으로 인한 위험보다 큰지 가늠하는 것!

감염 위험이 높은 경우라면
소독약의 이점이 커지므로
약을 사용하는 것이 바람직하겠지만

감염 위험이 낮은 가벼운 상처에
소독약을 사용하는 것은 과유불급일 수 있어요.

상처가 났을 때
소독보다 먼저 해야 하는 것은 세정입니다.
'흐르는 물'로 감염원을 제거하는 것.

그리고 특별한 감염 요인이 없다면,
소독 대신 세정만으로 충분합니다.

소독을 해야 돼요
- 소독약 종류

상처 세척 후
필요하다면
소독을 해야 하는데,

소독약은
종류가 많아요.

상처에 쓰기 좋은 소독약은
살균력은 좋으면서
정상 세포에는 영향을 주지 않는 약이겠죠.

1. 알코올과 과산화 수소는
열린 상처 부위에 사용하지 마세요.

두 소독제는
열린 상처 부위에 닿으면
타는 듯한 통증을
유발할 뿐 아니라

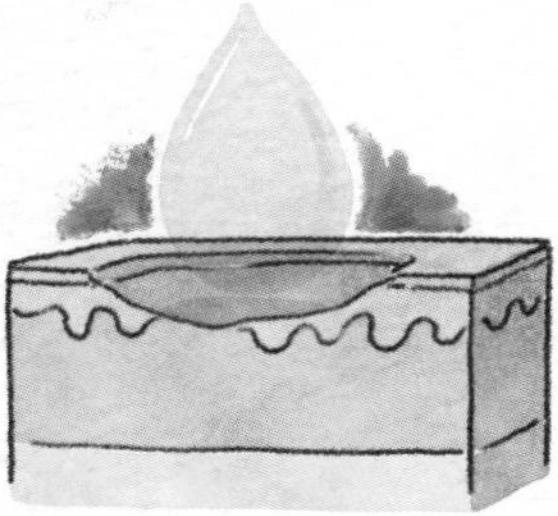

세포 독성이 있는 대표적인 소독제이기 때문입니다.

2. 포비돈-요오드는 가성비 좋은 소독약!

포비돈-요오드는 

 반응성이 큰 요오드를

포비돈이라는 그물로 붙잡아 둔 화합물.

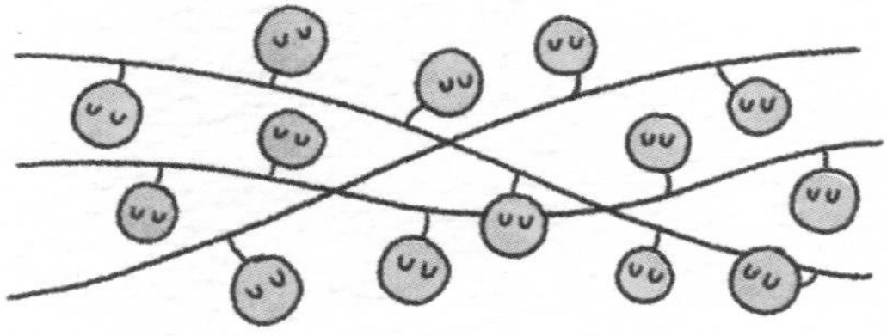

상처 부위에 약을 바르면,

요오드가 서서히 방출되어 살균·소독 작용을 합니다.

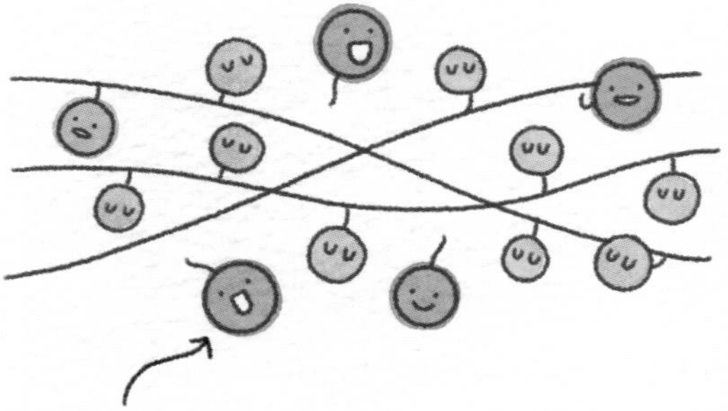

이 요오드도 세포 독성이 있기는 하지만...

PVP
아직
니자리아녀~
놔라!

요오드가 소량씩 서서히
방출되기 때문에
자극성이 낮습니다.

그리고 살균력도 좋아요.

다 죽인다!

무엇보다, 항균 범위가 매우 넓은 편!
(세균, 바이러스, 곰팡이, 기생충..)

하지만 주의할 점도 있어요.

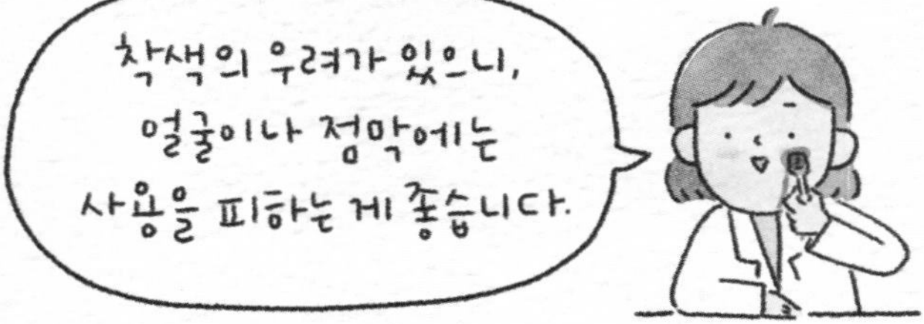
착색의 우려가 있으니,
얼굴이나 점막에는
사용을 피하는 게 좋습니다.

그리고 요오드가 갑상샘 호르몬의 원료이다 보니..

체내로 흡수되는 '요오드' 때문에
포비돈-요오드를 사용하면 안 되는 경우도 있어요.

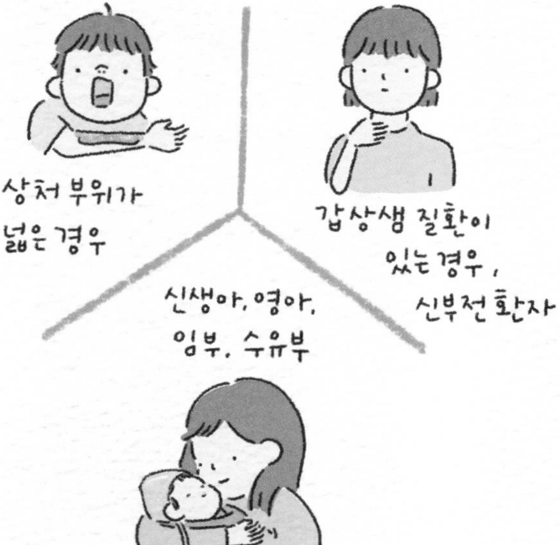

이런 분들은 빨간약은 멀리하세요!

3. 자극 없이 안전하고 항균력도 좋지만,
비싼 소독약, 옥테니딘!

무색
통증을 유발하지도 않아요.
무취
다른 소독약들에 비해 몇 배나 비싸긴하지만 …
점막에도 사용이 가능할 만큼 안전하고, 항균 범위도 넓고, 항균력도 좋고…
임부, 수유부, 신생아, 영유아 등 약에 취약할 수 있는 분들에게 추천드려요.

4. 소독약 + 추가 성분
(상처 부위 증상 완화를 위한 복합 제제)

- 벤제토늄 - 클로르헥시딘 (항균 소독제)	디부카인 (국소 마취제) ↓ 통증 완화
나파졸린 (혈관 수축제) ↓ 지혈 도움	- 클로르페니라민 - 디펜히드라민 (항히스타민제) ↓ 알러지 반응 완화 (가려움증, 발적 등)

ex) 애니클렌액, 솔트액 등.

효과가 복합적이고
자극성이 낮아
많이 쓰이는 약들입니다.

상처난 데 바르는 약
- 항생제 연고

상처가 나면 습관처럼 바르는 '상처 연고'

후시딘과 마데카솔은 너-무 익숙한 이름이죠.

이 약들의 주요 성분은 '항생제'입니다.

상처 부위의
2차감염을 막아
덧나지 않게 한다!

일반 의약품(약국약)

- 후시딘 연고
- 후시딘 겔
- 후시딘히드로크림
- 마데카솔케어연고
- 복합마데카솔연고
- 마데카솔 겔
- 마데카솔 분말

항생제 퓨시드산 네오마이신

피부 재생 촉진 센텔라아시아티카 정량 추출물

염증 완화 히드로코르티손(약한 스테로이드)

두 약의 사용법을 굳이 나누자면..

- 상처 발생 초기
- 감염 위험이 높은 경우

- 아물기 시작한 상처
- 감염 위험이 낮은 경우

같은 약이더라도 상처에 따라
더 적합한 제형이 달라요.

건조한 상처 ↔ 삼출물이 많은 상처

연고 – 크림 – 겔 – 분말

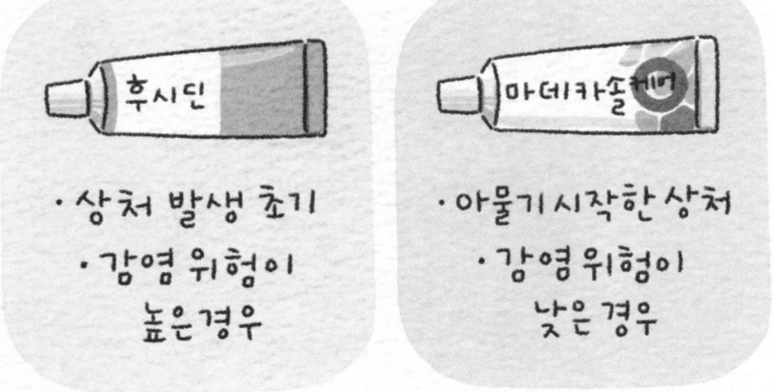

히드로코르티손이 들어 있는 약은
염증 반응이 동반된 상처에만
7일 이내로 사용하세요.

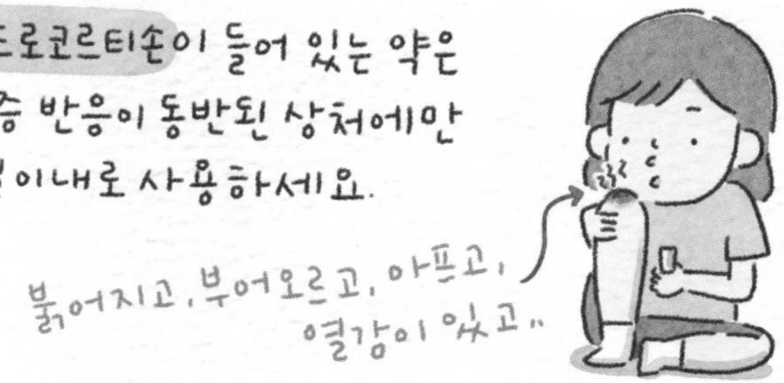

붉어지고, 부어오르고, 아프고,
열감이 있고..

항생제 연고는 후시딘, 마데카솔만
있는 게 아니에요.

이것도 항생제 연고예요..
달라는 거 주지, 왜?!
의심의 눈초리!

두 약이 오-랜 기간 많-이 쓰여 오다 보니,
국내 세균의 두 약에 대한 내성률이 높아진 게 사실!

내성률이 더 낮은
다른 연고들도 많으니,
약사님에게 추천 받으시는
것도 좋아요.

- 무피로신 ex) 에스로반, 베아로반 등.
- 바시트라신 ex) 프라믹신, 바네포 등.
- 티로트리신 ex) 도다나겔, 바로서겔 등.
- 등등

그리고 무엇보다,

항생제 연고를
감염 위험이 낮은
가벼운 상처에
습관처럼
바를 필요는 없어요.

- ⓥ 상처가 다소 깊을 때
- ⓥ 상처 부위나 주변 환경이 비위생적일 때
- ⓥ 감염 징후가 있을 때

빨갛게 부어오르거나,
열감이 있거나,
고름이 나오는 등.

이럴 때,

세척(및 소독) 후 ⟶ 항생제 연고를 발라 주세요!

상처 보호가 필요할 때
-습윤 밴드

놀다 보면, 다치기도 하죠.

감염 징후가 없는 상처는
세척(필요시 소독) 후에...

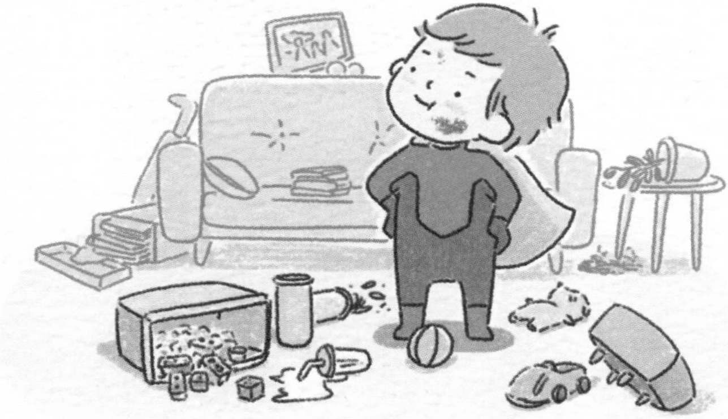

습윤 밴드를 붙여 주세요.

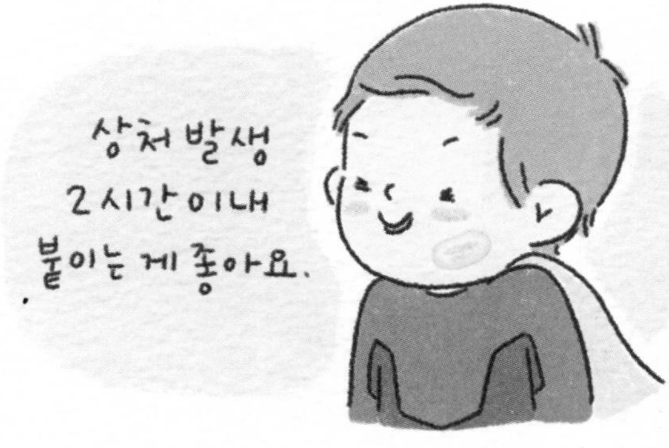
상처 발생
2시간 이내
붙이는 게 좋아요.

외부 자극 및 감염 위험으로부터
상처를 보호하고,

**습윤 밴드는 상처 부위를 밀폐하여
상처를 촉촉하게 유지시켜 줍니다.**

상처 치유가 촉진되고,

딱지가 생기지 않아
흉터 예방에 좋아요.

그런데...
뭐.. 뭘 써야 하나요?
드레싱제제

일단,
상처에서 진물이 많이 나오나요?
NO!
하이드로콜로이드 밴드
얇고 점착력이 좋아요
YES!
폴리우레탄폼 밴드
도톰, 푹신하고 점착력이 약해요.

진물이 적고 가벼운 상처에

하이드로콜로이드 밴드

① 건조시킨 피부 위에

② 상처 부위보다
1-2cm 여유 있게
밴드를 붙이고,

피부과 시술 후
많이 사용하죠.

③
30초간 손으로
꾸-욱 눌러
밀착시켜 주세요.

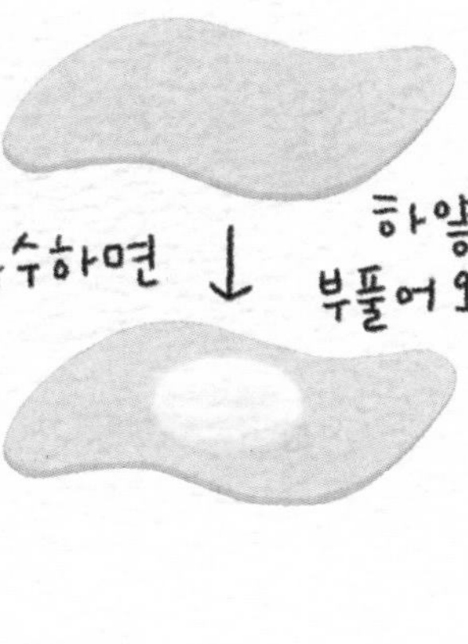

진물을 흡수하면 ↓ 하얗게 부풀어 오르는데

이렇게
진물이 빠져나오거나
들뜨지 않으면,
2-3일 간격으로
교체해 주세요.
※ 주의
고름, 열감, 붓기..
감염이 의심되거나,
감염 위험이 높은 상처에는
사용하지 말아 주세요.
파티다!
혐기성 균이 증식하기 좋은 환경이 되거든요.

만 약,

연고를 발라야 하는데
밴드가 필요하거나

점착 성분 때문에
과민 반응(따가움, 발적)이
나타난다면..

→ 폴리우레탄폼 밴드를 사용해 주세요.

진물이 많거나 깊은 상처에

→ 폴리우레탄 폼 밴드

폼 밴드는 대부분 접착력이 없어서..

동봉된 부직포나 방수 필름으로
고정시켜 주어야 합니다.
두께
1~5mm
진물이 많을수록
두꺼운 밴드 선택!

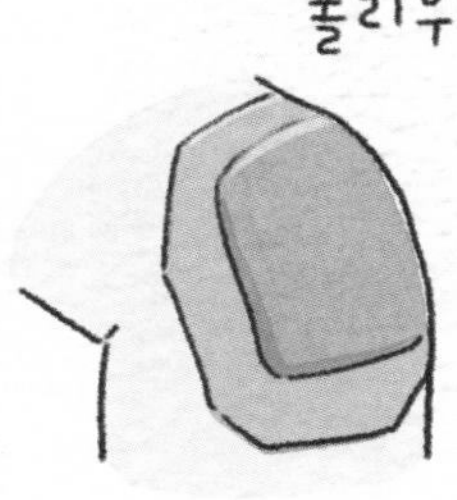

폴리우레탄폼은 흡수력이 좋지만,
너무 오래 부착해 두면
상처부위에 유착될 수 있어
적어도 3일 간격으로
교체해 주는 게 좋습니다.

폼 밴드는 폭신해서
압력이 가해지기 쉬운 상처 부위나
물집이 생긴 상처에 추천!

폼 밴드는 연고를 바른 상처 위에
사용할 수도 있는데..

이 경우,
연고의 사용량 / 횟수를
줄이는 것이 좋습니다.

약의 흡수율이 증가하거든요.

✚ 쿨링이 필요한, 진물 없는 상처

가벼운 화상이나 벌레 물린 데에는...

하이드로겔 밴드

흡수력은
없지만
상처 부위를
촉촉하고 시원하게
보호해 줍니다.

상처가
흉터 없이 빨리 아물 수 있도록
습윤 밴드를 제대로
사용해 보세요!

깨끗하게 낫고 싶어요
-흉터치료제

상처가 치유되는 과정에서

콜라겐 및 섬유 조직이 비정상적으로 축적되면...

흉터가 남습니다.

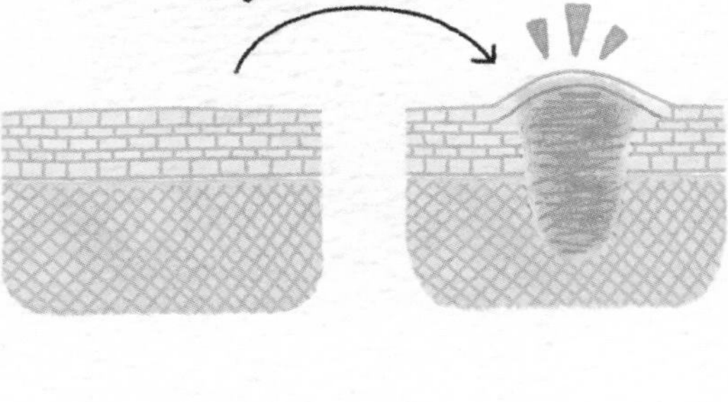

흉터 치료의 열쇠는?

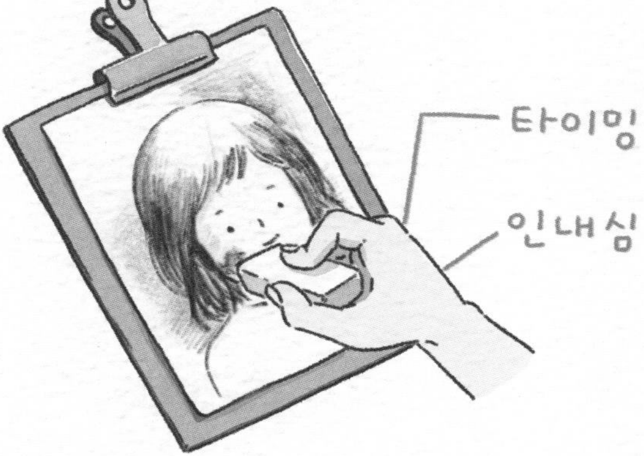
타이밍
인내심

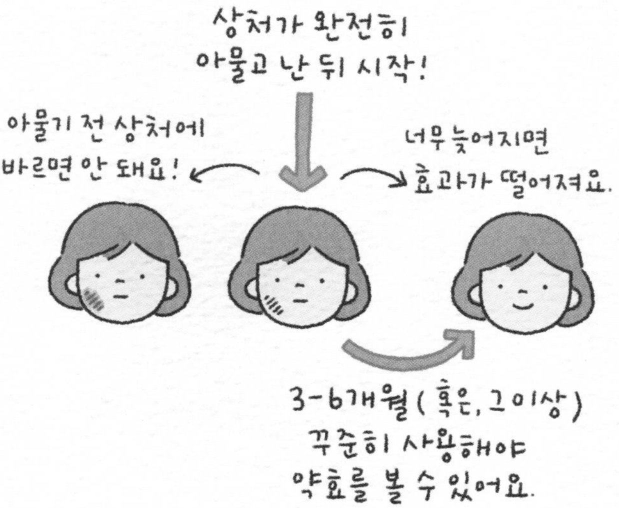
상처가 완전히
아물고 난 뒤 시작!
아물기 전 상처에
바르면 안 돼요!
너무 늦어지면
효과가 떨어져요.
3-6개월(혹은, 그 이상)
꾸준히 사용해야
약효를 볼 수 있어요.

흉터 치료제는 두 종류가 있어요.

헤파린겔은
피부 속으로 흡수되어
흉터를 연화시킵니다.

↓

하루에 여러 번
가볍게 마사지해서
흡수시켜 주세요.

실리콘겔은
피부 표면에 코팅되어
수분 손실을 막고,
물리적 압박을 가합니다.

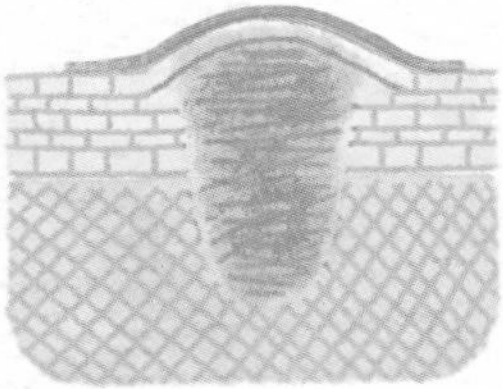

↓

아침/저녁으로 하루 2회
깨끗한 피부 위에
얇게 펴 바르고 건조시켜 주세요.

어떤 약을 쓸까요?

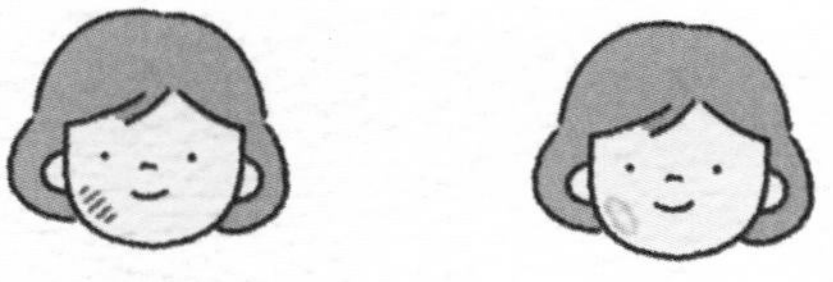

색소가 침착된 흉터에는 헤파린겔이

볼록 튀어나온 흉터에는 실리콘겔이

더 효과적이라고 합니다만,

두 종류를 병용할 때 가장 효과적이긴 합니다.

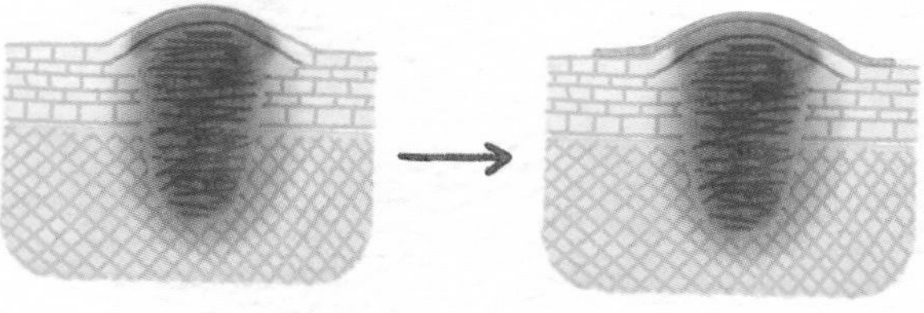

먼저 헤파린겔을 충분히 마사지해서 흡수시킨 후

실리콘 겔을 얇게 덧바르고 건조시켜 줍니다.

*단, 두 약 모두 피부 안쪽으로 패인 흉터에는 효과가 입증되지 않았습니다.

뜨거운 데 데였어요
-가벼운 화상 치료제

〈초기 대처의 나쁜 예〉

열에는 알코올로 시원하게,
얼음이지 소독도 하고
일석이조!

※따라하지 마세요. 조직 손상의 위험이 있어요.

〈올바른 초기대처〉

15-20°C의
흐르는 물에
세척하기
OR
'화상용 쿨링 스프레이'
뿌리기

→ 열감이 다 사라질 때까지 충분히!

약국약으로 관리할 수 있는 화상은
1도 화상~얕은 2도 화상입니다.

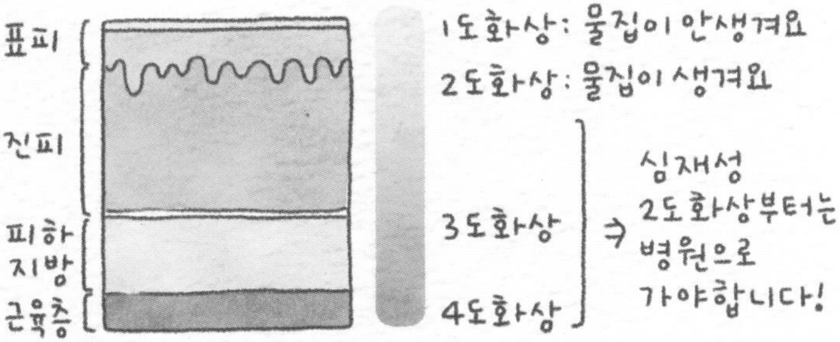
표피
진피
피하지방
근육층
1도화상: 물집이 안생겨요
2도화상: 물집이 생겨요
3도화상
4도화상
→ 심재성 2도화상부터는 병원으로 가야합니다!

물집이 생기지 않은 화상에는

일광 화상
붉어지고 아파요!

진정, 보습, 피부 재생을 위한
외용제를 사용할 수 있어요.

증상이 경미할 때는
구아야줄렌 혹은 덱스판테놀을
더 추천드리고,
구아야줄렌
ex) 아즈렌에스 등.
1일 수회
발라 주세요.
덱스판테놀
ex) 비판텐 등.
1일 수회
발라 주세요.
베타시토스테롤
ex) 미보연고
1일 2-3회
얇게 발라 주세요
트롤아민
ex) 비아핀에멀젼
두껍게 바르고
마사지해 주세요
증상이 비교적
심할 때는
아래 두 약을
더 추천합니다.

물집이 없는 화상에 사용할 수 있는 습윤 밴드는..

하이드로겔 밴드

- 투명하고 도톰해요.
- 접착력이 없어요.
- 환부를 촉촉하게 보호해 줘요.

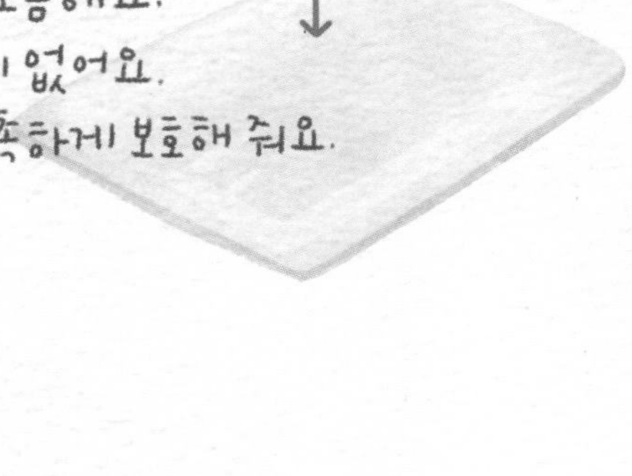

화상에 절대
노노노
하이드로콜로이드 아님!!!
얇고 접착력이 좋아요.
보습력이 부족하고, 밴드를 떼어 낼 때
환부에 자극을 줍니다.

통증이 심하다면,
'리도아가아제'를 써 볼 수 있어요.
리도카인 → 통증 완화
아크리놀 → 살균 소독
백색 바셀린 → 습윤 환경 유지
약이 발린 첩부제,
환부에 맞게 잘라서 붙이세요.

만약 화상 때문에 물집이 생겼다면,,

이차감염 예방이
필요합니다.

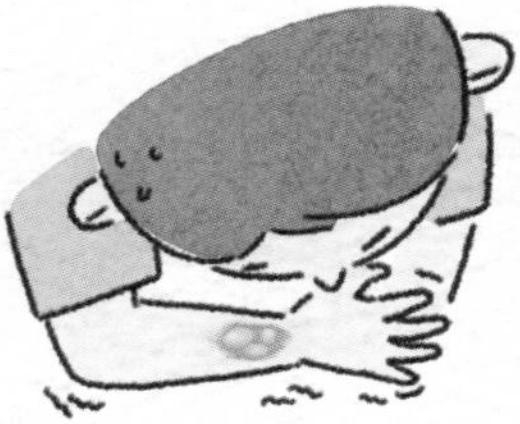

집에서 치료할 때,
물집은 터지지 않게
보호하는 것이 최선!

감염 및 흉터 예방에
중요한 존재랍니다.

미보연고나 비아핀에멀젼을 발라
환부를 촉촉하게 유지시켜 주세요.
그러다 팽팽했던 물집이 서서히 흐물흐물해지면,

화상 연고를 바른 상처 위에
폭신한 폴리우레탄폼 밴드를
너무 압박되지 않게 붙여 주면 좋아요.

아니
그러려고
그런 건
아닌데...
톡!
이미 물집이 터졌다면,

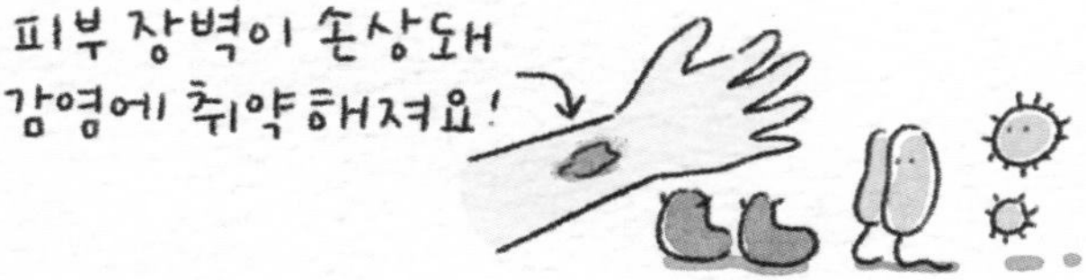
피부 장벽이 손상돼
감염에 취약해져요!

이럴 때는,
항생제 연고가
필요합니다.

후시딘, 마데카솔, 에스로반도 다 좋지만
여러 기전의 항생제들이 복합되어 있는 약을
더 추천드려요.

ex) 바스포연고, 프라믹신 연고, 쿼드케어 연고 등.

항생제 연고를 바른 후
폴리우레탄 폼 밴드를 붙이는 것도 좋아요.

아예 항균 성분이
함유되어 있는
폼밴드도 있어요.

ex) 메디폼실버(설파디아진함유)
메디폼듀얼액션(포비돈-요오드함유) 등.

마지막으로...
화상 흉터 예방을 위해
UV차단도 중요해요!

멍이 들었어요
- 멍 빼는 약

외부 충격으로 모세 혈관이 손상되어
피부 내부에 출혈 및 염증이 생기면

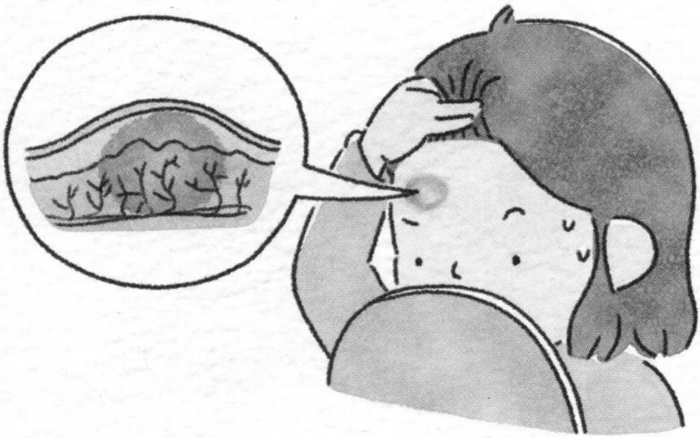

멍이 듭니다.

멍이야 뭐..
그냥 두면 없어지겠지만,

약으로 회복을 조금
앞당길 수 있어요.

1. 사고나 부상으로
붓기와 통증이 동반되는 멍에는...

헤파린 + 무정형에스신 + 살리실산
복합 제제 추천!

ex) 벤트플라겔, 타바겐겔, 베노플러스겔 등.

손상된 모세 혈관으로
체액이 빠져나와
피부 안쪽으로
혈액이 고여있고,
부어올라 통증도 있어요.

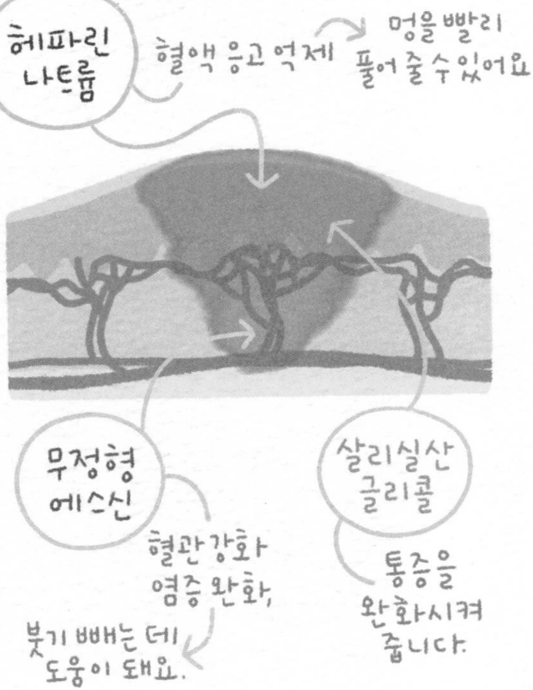
헤파린 나트륨
혈액 응고 억제
멍을 빨리 풀어줄 수 있어요
무정형 에스신
혈관 강화 염증 완화,
붓기 빼는 데 도움이 돼요.
살리실산 글리콜
통증을 완화시켜 줍니다.

2. 통증이나 붓기가 없는 멍
얼굴 등 민감한 피부에 생긴 멍

→ 헤파리노이드 단독 제제 추천
ex) 노블루겔

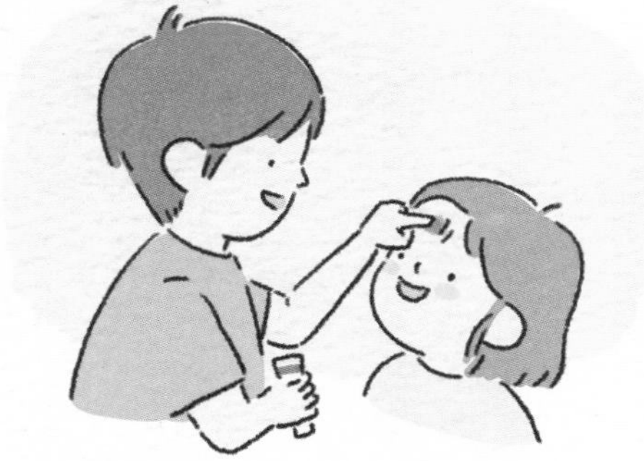

살리실산 등 자극성 있는 성분이 없어
민감한 피부에 더 안전하고,

헤파린

헤파리노이드

헤파린보다 작은 성분이라서
흡수가 더 잘 될 것으로 기대할 수 있어요.
(* 6세 이상 사용 가능)

이 약들은 하루에 여러 번 바르고
가볍게 마사지해 주세요.

그리고
개방형 상처에는 사용하시면 안 돼요.

알고 먹자,
칼슘제

우리 몸안에서
칼슘은 대부분
뼈와 치아에
존재하고

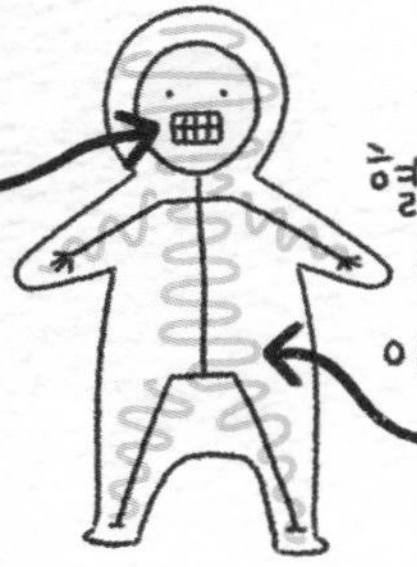

혈액 속에는
미량 존재하는데,
이를 '유리칼슘'이라고
합니다.

이 유리칼슘이 다양한 생리 작용에서
중요한 역할을 하기 때문에, 부족해지면...

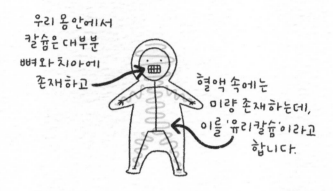

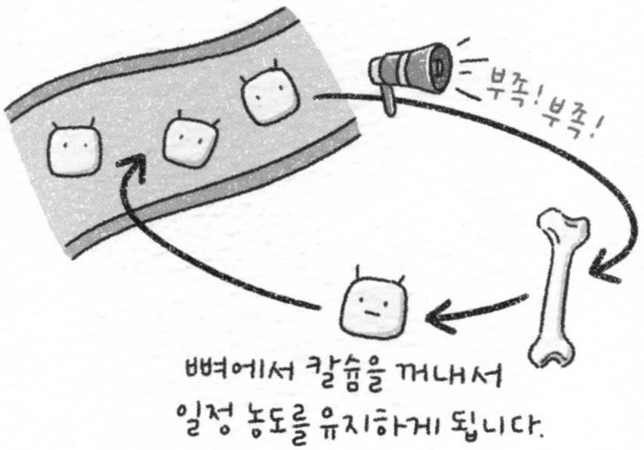

뼈에서 칼슘을 꺼내서
일정 농도를 유지하게 됩니다.

이렇게 되면,
뼈도 약해질 수
있지만

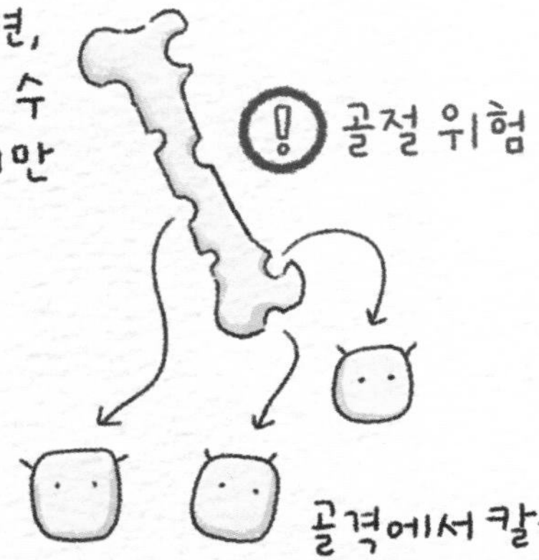

골격에서 칼슘이
과다하게 유리되어서
오히려 혈중 칼슘 농도가 높아지면

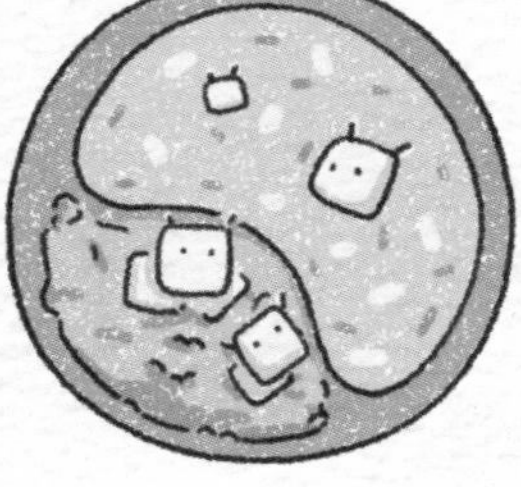

혈관 벽에 쌓여
동맥경화의 위험을 높이거나

결석을 만드는 등...

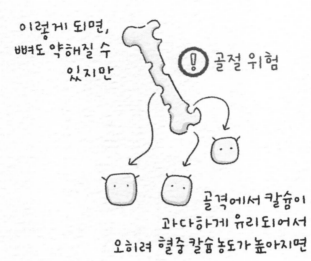

과다한 유리칼슘이 잘못 쓰일 수 있어요.

(물론, 이런 부작용들은 고농도의 칼슘 외
다른 위험 요인이 있을 때 발생합니다.)

그러니까 칼슘은...

너무 부족하면
안 돼요.

음식으로 충분히 섭취하는 것이 좋고,

영양제로 보충할 때는...

(의사의 소견 없이)

필요량보다
과다하게 섭취하는 것은
피하세요.

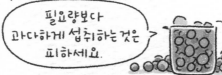

Ca 상한 섭취량: 2500mg/일
(50세 이상은 2000mg)
권장 섭취량: 700-800mg/일
*성인 기준 대략적인 수치

한국영양협회 <2020 한국인 영양소 섭취 기준>

칼슘제는 무턱대고 복용량을 늘리기보다
복용한 칼슘이 뼈에 잘 흡수될 수 있도록
돕는 것이 더 중요해요.

칼슘 흡수율을
높여 주는
비타민D

혈중 칼슘 농도를
적절하게 유지하는 데 중요한
마그네슘

칼슘이 혈관 벽에 쌓이지 않고
뼈로 들어갈 수 있도록 돕는 **비타민K2**

칼슘을 복용할 때는 비타민D, 마그네슘, 비타민K2도
챙겨 드시는 걸 추천합니다.

칼슘은 1회에 500mg 이하로
나누어 복용해야 흡수율을 높일 수 있습니다.

탄산 칼슘, 인산 칼슘은
식후에 복용해야
흡수가 잘 됩니다.

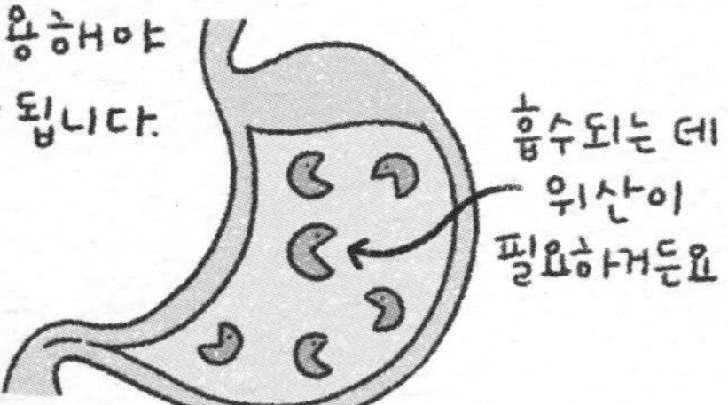
흡수되는 데
위산이
필요하거든요

- 위장약을 복용 중인 분
- 저산증이 있는 분
- 소화 기능이 저하된 노인 분들의 경우

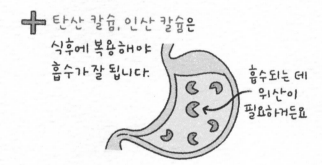

위산이 없어도 흡수되는
구연산 칼슘이
더 나은 선택일 수 있어요.

3장

속이 불편해요

속이 안 좋아요
- 소화제

"과식을 해서 속이 더부룩해요."
"많이 먹어서
체했나 봐요."

보통 식후 느껴지는 불편감에는
소화 효소제를 먹게 됩니다.

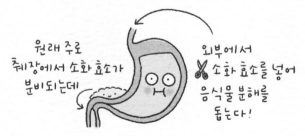

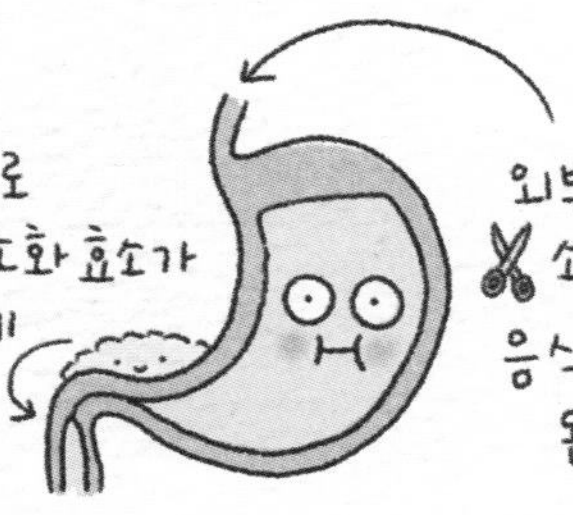

ex) 훼스탈, 베아제 외 다수

소화 효소는 위산에 의해 파괴되기 때문에
소화 효소제는 특수 제형으로 코팅되어 있습니다

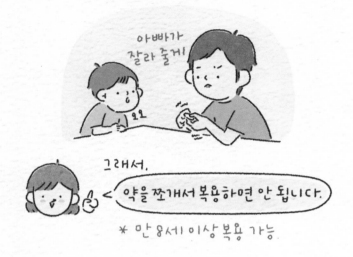

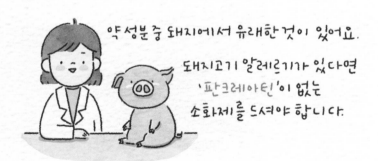

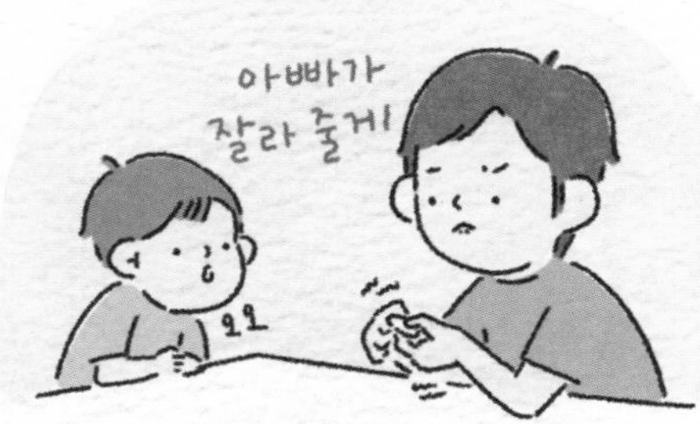

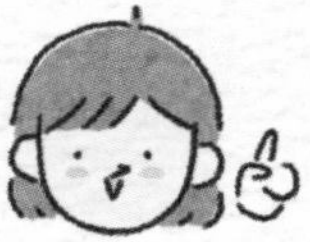

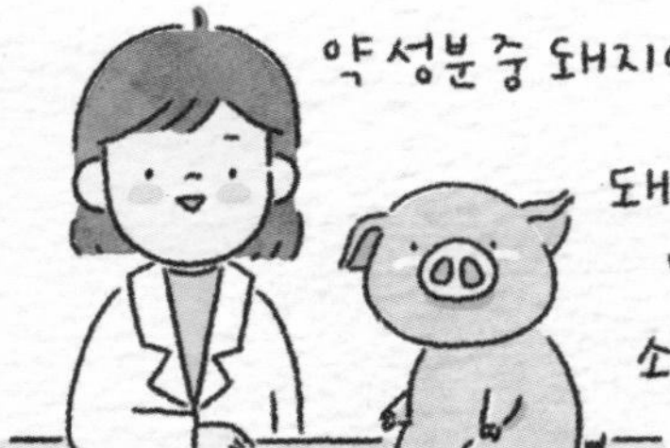

"과식을 한 것도 아닌데 속이 답답해요."
"식사를 한지 오래됐는데, 아직도 더부룩해요."

이럴때는
'트리메부틴'이 들어 있는 소화제를 추천!

→ 위장관 운동을 조절해 줍니다.

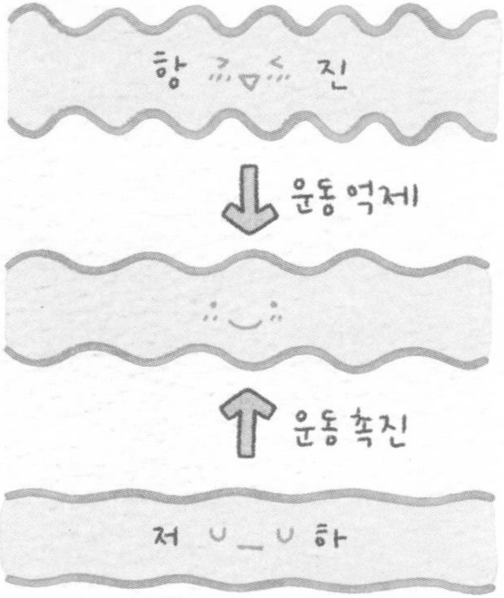

위장 운동을 촉진시키고

구역·구토를 완화시켜 줍니다.

동페리돈은 주의해서 복용해야 합니다.

1. 기존에 복용 중인 약이 있다면, 약사에게 꼭 알려 주세요.

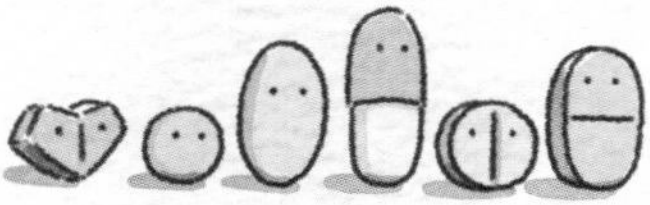

바이
바이

병용하면 안 되는 약이 많거든요.

2. **1**일 **3**병까지, 최대 **7**일까지만 복용 가능!

3. 임부, 수유부, 만 12세 미만 (35kg 미만) 금기.

트리메부틴(단일 제제)이나 돔페리돈은 식전에 복용하는 게 더욱 효과가 좋습니다.

헛둘
헛둘
헛둘
헛둘
헛둘
소화시킬 준비 시이—작!

끄억
"속에 가스가 너무 차요."
"배가 너무 빵빵해요."
소화제에 '시메티콘'이 들어 있는지 확인하세요.
기포의 표면 장력을 줄여서
가스가 더 쉽게 배출될 수 있게 해 줍니다.
소화 불량 없이 복부 팽만감이 주증상이라면,
시메티콘 단일 제제가 좋겠죠!
ex) 까스앤프리츄정, 가소콜액 등.

소화제는 생각보다 다양한 성분으로
구성되어 있어요.

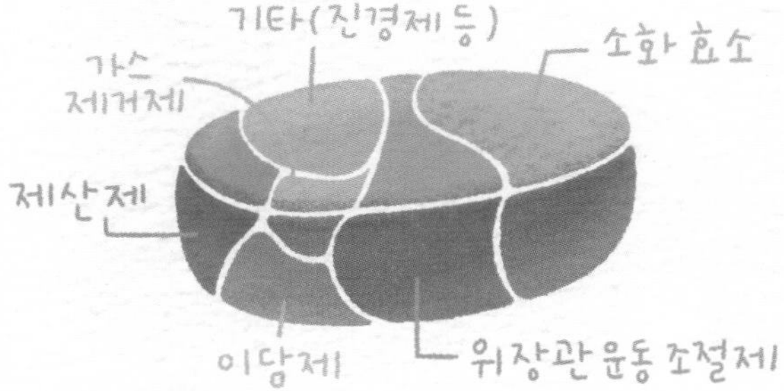

그러니까..
증상을 자세히 알려 주실수록
더 적당한 약을 찾을 수 있습니다.

속이 쓰려요
-제산제, 위산 분비 억제제

속 쓰릴 일이 너무 많은 바쁘다 바빠 현대 사회

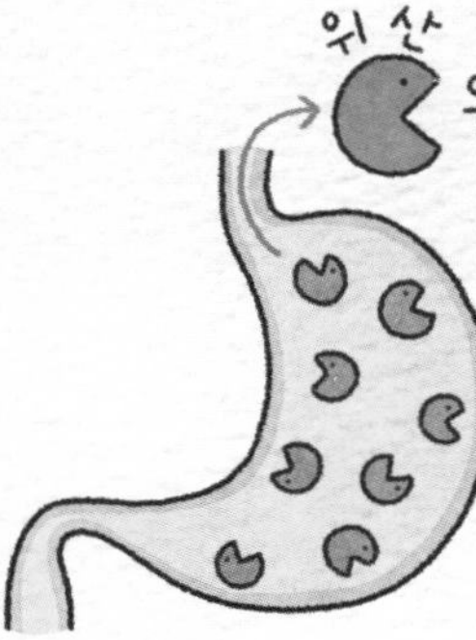

위에서 살균 및 소화 작용을 맡고 있어요.

위산이
과도하게 분비되거나
식도로 역류하는 등의 이유로
점막을 자극하면
속 쓰림이 발생합니다.

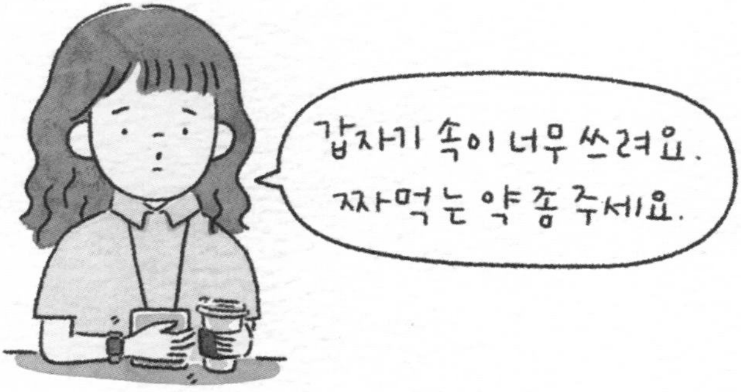
갑자기 속이 너무 쓰려요.
짜먹는 약 좀 주세요.

일시적인 속 쓰림에
많이 쓰이는 짜먹는 약이
'제산제'입니다.
* 알약도 있어요.

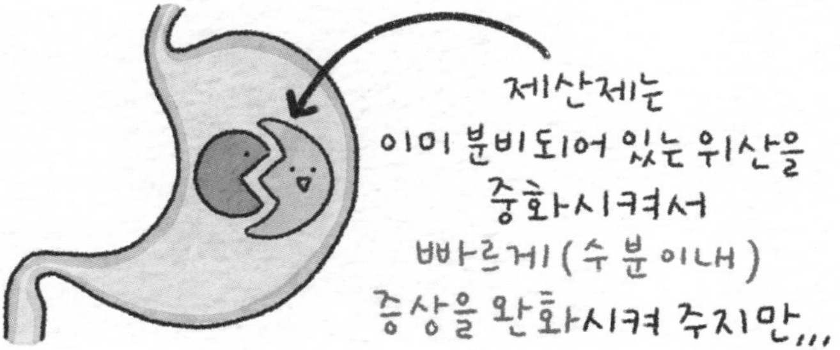
제산제는
이미 분비되어 있는 위산을
중화시켜서
빠르게(수분 이내)
증상을 완화시켜 주지만,,,

약효 지속 시간은 짧습니다.

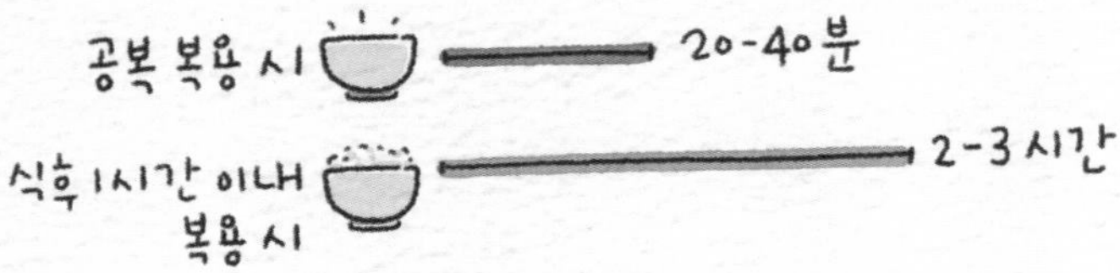

(최소 4시간 간격으로 하루 최대 4회 복용 가능.)

통증이 심할 때는 이 성분이 조합된 약이 도움이 됩니다.

ex) 트리겔현탁액 등.

제산제는 다른 약과
2시간 이상의 간격을 두고 복용하세요.

A약
B약

제산제는 위의
산도를 변화시키고

다른 약을 흡착하는 등

→ 다른 약물의 흡수 및 배설에 영향을 줄 수 있거든요.

그런데, 효과가 좀
오래가는 약은 없어요?

위산이 분비되는 것을
억제하는 약이 있어요!

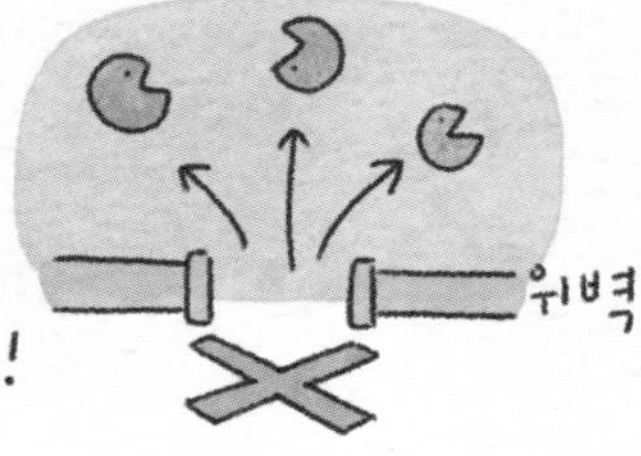
위벽

위산 분비 억제제는...

약효가 나타나기까지
더 오래 걸리지만

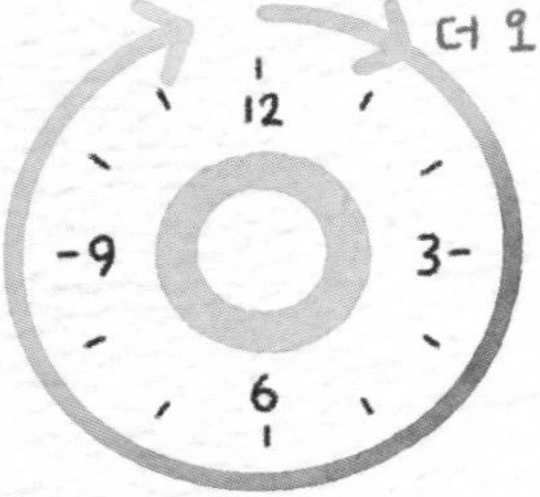

약효 지속 시간이 길어서
하루에 1~2회 복용할 수 있습니다.

그런데, 속 쓰림이 없더라도 알게 모르게
위산 분비 억제제를 복용하게 되는 경우가 많다는 사실,
아시나요?

속 쓰림은 많이 쓰이는 약들의 흔한 부작용이어서,

부작용 예방을 위해 위산 분비 억제제가
함께 처방되는 경우가 많거든요.

만약 복용 중인 처방약에
이런 성분이 있다면, →
위산 분비 억제제를
추가로 복용하지 마시고,

파모티딘
시메티딘
라푸티딘
니자티딘
⋮

이럴 때는, 제산제를 선택해 주세요.

저는 특히 윗배가 쓰리고 가슴이 타는 것 같아요.
+ 식후에 심해져요
+ 눕거나 상체를 앞으로 숙일 때도요.
이런 속 쓰림은 위산 역류로 인한 증상일 수 있고,
이럴 때는,
'알긴산나트륨'이 더 효과적일 수 있어요.
ex) 개비스콘, 웰로겔, 위엔젤 등.

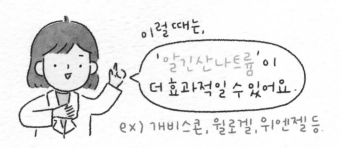

알긴산은 위산과 만나면

위장 상부에 겔(gel)을 형성하여

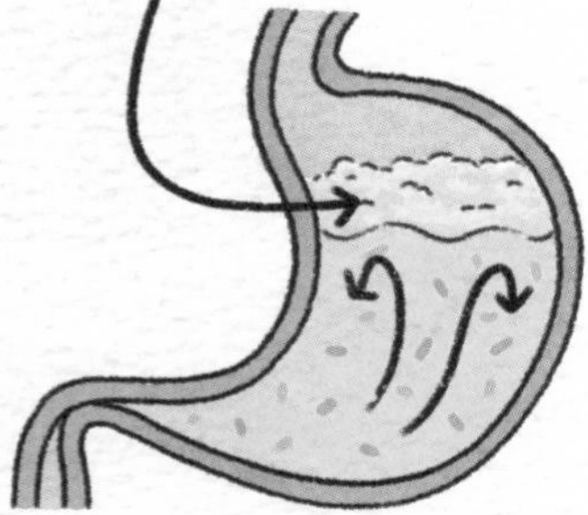

위산 역류를 물리적으로

막아 주거든요.

이런 증상은 식후에 악화되므로,

식사 후 / 취침전에

복용해 주세요.

이 약들은 모두
치료제가 아니라
증상 완화제입니다.
일단 덮어 둬...
금방 꺼질 불씨라면 좋겠지만...
이 약들은 증상이 있을 때만 일시적으로 드시고,
2주 이상 복용하시면 안 돼요.
저 제산제 좀...
또요?
2주 이상 증상이 지속되면 병원 진료를 권고드립니다.

볼일 좀 보고 싶어요
- 변비약 1

변비 치료의 시작은 생활 습관 개선입니다.

충분한 식이 섬유 섭취

충분한 수분 섭취 (하루 2L)

규칙적인 운동

약을 찾기 전에
먼저 이런 노력이
필요해요.

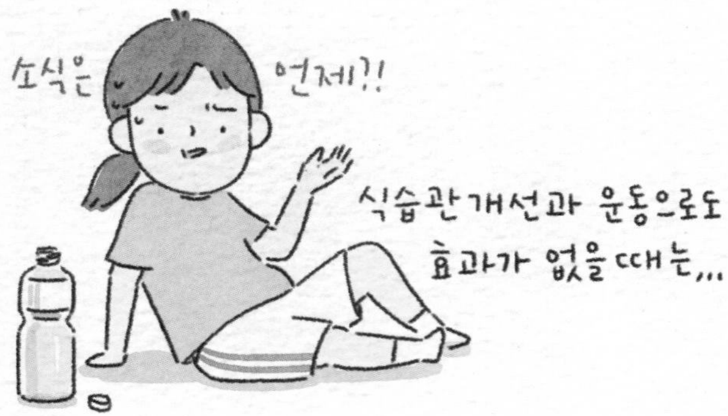
소식은
언제?!
식습관 개선과 운동으로도
효과가 없을 때는,,,

우선,

팽창성 변비약부터 복용해 보세요.

성분: 차전자피, 폴리카보필
(전문 의약품)

위장관을 지나면서
물을 머금어 팽창한다
↓
배변량 증가
↓
밀어내기!
연동 운동 촉진!

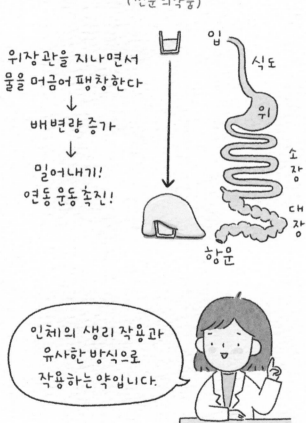

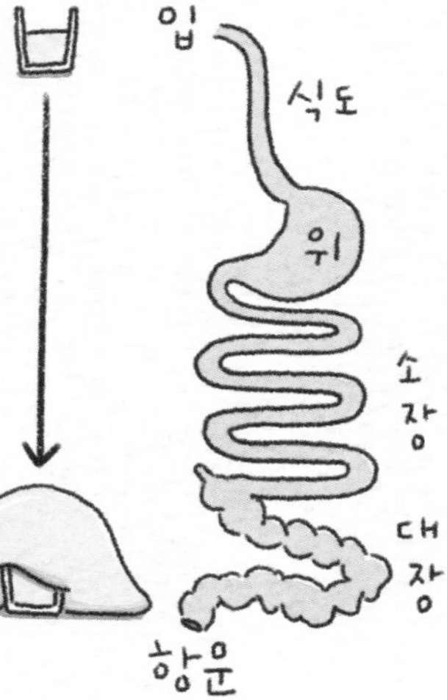
입
식도
위
소장
대장
항문

인체의 생리 작용과 유사한 방식으로 작용하는 약입니다.

팽창성 변비약은 체내 흡수되지 않고,
안전한 편이어서
변비 치료에 일차적으로
사용해 볼 수 있어요.
특히, 이런 분들에게 추천!

제가
다이어트 중이라
식사량이 적긴 해요.

단, 약효가 나타나기까지
시간이 좀 걸려요.
복용 후 12시간 - 3일 정도

※ 주의

팽창성 변비약은 꼭! 충-분한 양의 물과
함께 복용해야 합니다.

수분이 부족하면, 약효가 떨어지거나
기도나 식도, 혹은 장이 막히는 응급 상황이
발생할 수 있어요.

팽창성 변비약은 장기 복용 시에도
부작용이 거의 없어서

프로 변비러

사실상
유지 요법으로
주로 활용됩니다.

그렇지만,

- 차전자피 단일 성분
  ex) 아기오과립, 무타실산
- 차전자피 + 센나 등
  ex) 아락실과립, 변괘락과립,
  굿모닝에스과립 외 다수

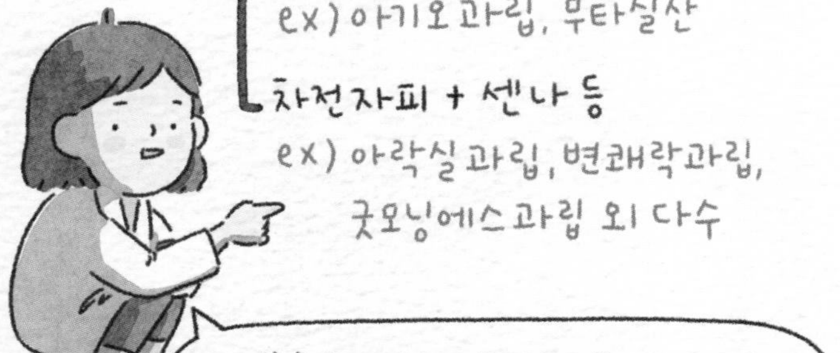
장기 복용을 피해야 하는 자극성 변비약과
섞여 있는 약이 많으니 주의하세요.

볼일 좀 보고 싶어요
- 변비약 2

팽창성 변비약에
반응이 없다면,
삼투성 변비약을
사용해 보세요.

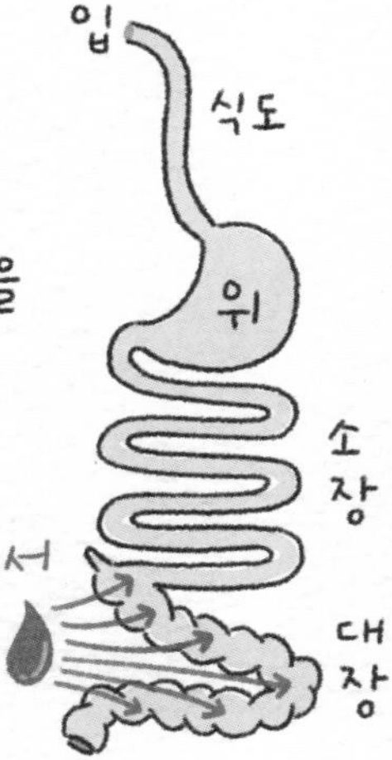

대장 안으로 물을 끌어들여서
변을 무르게 하고
배변을 유도합니다.

특히, 변이 딱딱해서
배변이 힘든 분들에게 추천!

영유아, 소아를 위한 변비약이기도 합니다.

삼투성 변비약도
충분한 수분 섭취가 중요해요.

대장으로 물을 끌어들여 효과를 내야 하니까요.

삼투성 변비약은 크게 두 종류가 있습니다.

약효가 나타나는 데
시간이 필요한
〈고삼투성 변비약〉

2-3일 필요!

· 락툴로오스
ex) 듀락칸이지시럽, 장쾌락시럽 등.
· 락티톨 ex) 포탈락산 등.

달아요!

영유아 변비에 사용되는
안전한 약이지만,

복용 초기에는
장내 가스 발생으로 인한
방귀, 복통, 복부 불쾌감
등이 많이 발생합니다.

1-2일 필요!

· 폴리에틸렌 글리콜(마크로골4000)
ex) 폴락스산, 둘코소프트산 등.

장내 가스 발생 부작용이 덜하고,
8세 이상 복용 가능!

약효가
빠르게 나타나는
〈염류성 변비약〉

수산화마그네슘 ex) 마그밀정 등.

30분-6시간 내 효과!

효과 빠르고 안전한 약이지만,,

약 복용 중 다량의 우유 섭취는 피해야 하고,

철분제 및 기타 미네랄 제제와

2시간 이상 간격으로 복용해 주세요.

신장 질환이 있거나, 항생제를 복용 중이라면,
꼭! 전문가와 상담 후 복용 여부를 결정!

다른 약이 다 소용없을 때, 그 때..

대장 점막에 직접 작용하여
장의 연동 운동을 촉진하는
자극성 변비약을 추천합니다.

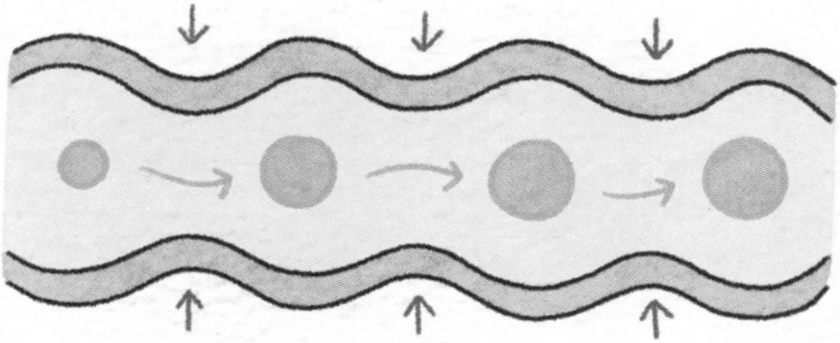

성분: 비사코딜, 센노사이드(센나엽, 센나 열매 등),
대황, 카산트라놀, 노회(알로에) 등.

ex) 둘코락스에스장용정, 메이킨큐장용정 등.

자기 전에 복용하고 아침에 신호가 오는 약,
내일은 기필코...
자극성 변비약이
효과가 좋긴 하지만...
이제 맨날 이 약 먹으면 되겠다!
NO NO
이 약들은..
일주일 이상 매일 복용해서는 안 됩니다.
악순환에 빠질 수 있어요.
자극성 변비약 장기간 연용
장 반응 둔화 (내성 증가)
변비 악화
용량 증량

자극성 변비약은 대장에 도달해서 작용해야 하니까
녹지 않고 위를 통과하도록 코팅되어 있습니다.
위
대장
그래서...
NO!
우유
쪼개 먹으면 안 돼요.
약 복용 전/후 2시간 이내 우유나 제산제 복용 안 돼요.
약이 위에서 녹으면...
위경련이나 복통 등이 발생할 수 있거든요.

그리고 자극성 변비약은,

경련성 변비에는 사용하면 안 됩니다.

결국,

변비 치료의 시작과 끝에는

생활 습관 개선이 있어요!

배탈이 났어요
- 지사제

뛰어내릴까...
XX고속

이것은 응급 상황

일단, 급한 불을 끄려면
약국 지사제가 필요한데...
지사제(설사 멈추는 약)는
아무거나 먹으면 안 돼요.

설사의 원인은 다양하죠.
약 먹기 전에 한 번 생각해 보세요.

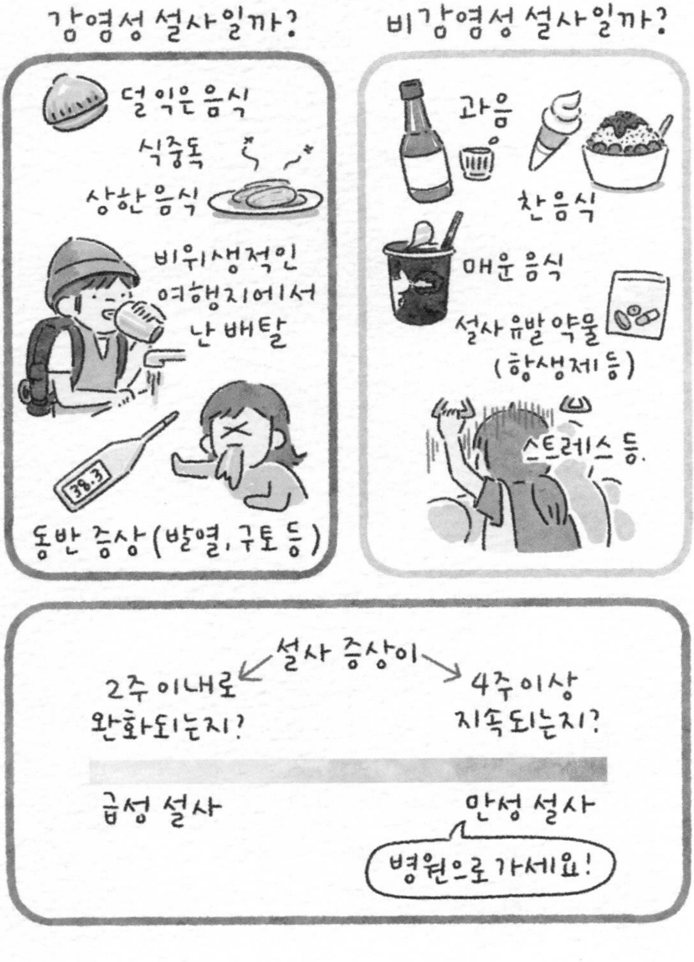

감염성 설사일까?
덜 익은 음식
식중독
상한 음식
비위생적인 여행지에서 난 배탈
38.3
동반 증상(발열, 구토 등)
비감염성 설사일까?
과음
찬 음식
매운 음식
설사 유발 약물 (항생제 등)
스트레스 등.
설사 증상이
2주 이내로 완화되는지?
4주 이상 지속되는지?
급성 설사
만성 설사
병원으로 가세요!

1. 디옥타헤드랄스멕타이트

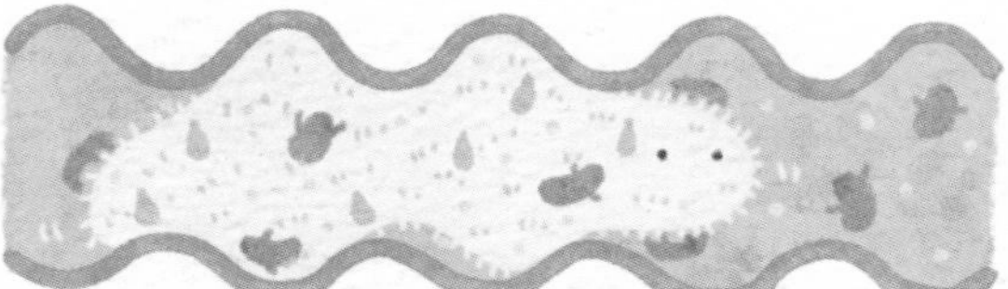

장내 세균, 바이러스, 독성 물질, 수분 등을
흡착하여 몸 밖으로 배출시킵니다.

ex) 스타빅, 포타겔, 다이톱, 슈멕톤

(심하지 않은) 감염성 설사,
비감염성 설사, 급성 설사,
만성 설사에 두루 쓰일 수 있는
약이에요.

24개월 이상
어린이에게도
사용 가능합니다.
(단, 7일 이내 사용)

이 약은 흡착력이 좋아서
장내 수분을 잘 빨아들여 주지만...

영양 성분이나 다른 약물 등도 흡착해서
배출시킬 수 있어요.

↓

되도록 공복(식전 1시간, 식후 2시간)에 복용하시고
다른 약과도 2시간 이상 간격을 두세요.

2. 로페라마이드

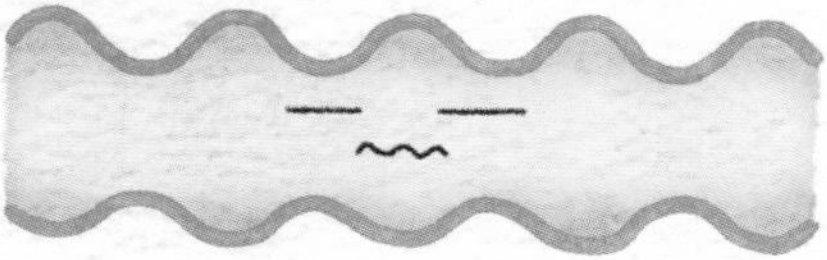

장의 연동 운동을 억제해서 설사를 멈춰요

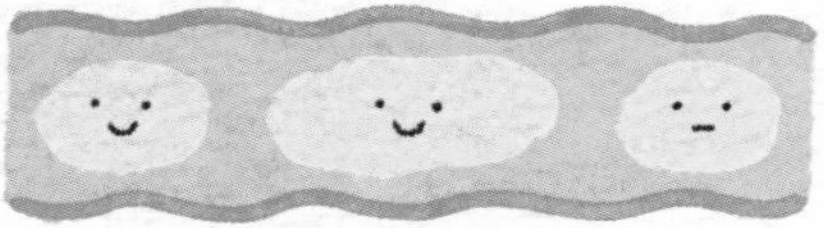

그래서 이 약은 '감염성 설사'에는
절대 사용해서는 안 됩니다.

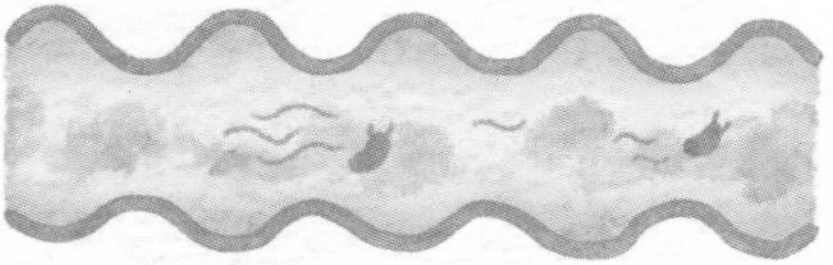

바이러스, 독소 등이 얼른 배출되지 못하여
증상이 악화될 수 있거든요.

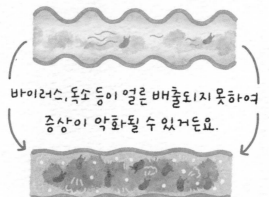

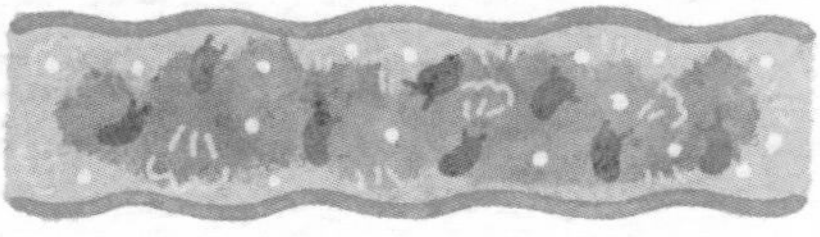

수분이 많은 물 설사에
추천합니다.

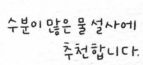

로페라마이드는
감염성 설사가 아니라면,
급성 설사, 만성 설사에
모두 사용할 수 있지만..

로페라마이드 단일 제제 (2mg)	로페라마이드 0.25mg + 아크리놀, 베르베린 (항균 작용) + 엔테로코쿠스 페카리스 F-100균
ex) 로프민 캡슐, 로파인 캡슐 등.	ex) 로페리드 캡슐, 로이디펜 캡슐 등

항균제가 섞인 복합 제제는
2일간 복용하여도 증상이 개선되지 않는다면
복용을 중단해야 합니다.

감염성 설사가 의심될 때는
항균력이 있는 지사제를 사용해야 합니다.

〈감염성 설사
의심증상〉

- 설사, 복통
- 구토
- 발열, 오한
- 점액변, 혈변 등

설사에
열까지!

*3일 이상 복용금지
항균력 있는 지사제들은 이틀까지만 복용하시고,
약을 사용해도 3일 이상 증상이 지속되면, 병원으로 가셔야 합니다.

3. 니푸록사지드

ex) 에세푸릴캡슐, 레피즈캡슐 등.

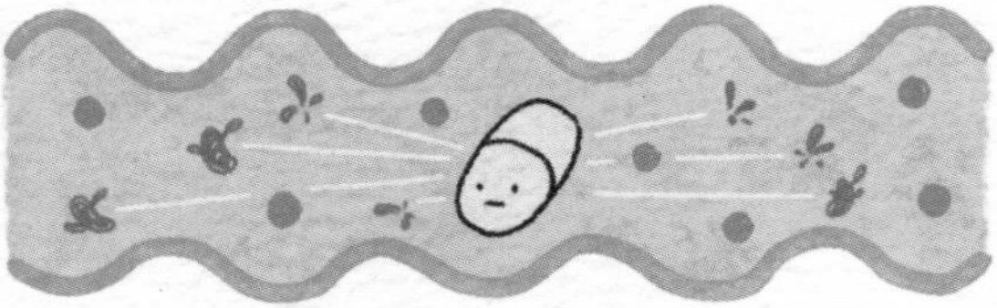

체내로 거의 흡수되지 않고 장내에서 설사의 주원인 균에 대한 항균 작용을 합니다.

* 캡슐제는 18세 미만 복용금지

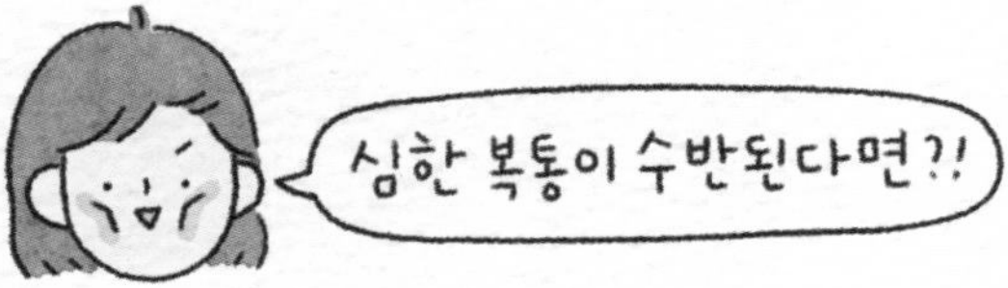

4. 스코폴리아엑스 + 차질산 비스무트 + 베르베린 등 복합 제제

과도한 장운동으로 인한 복통 완화

항균 효과 장 분비 억제 ⋮

항균 작용

ex) 후라베린큐엑스정, 탈스탑캡슐 등.

모든 지사제는
증상이 개선되면
바로 복용을 중단하세요.

복용을 지속하면,
오히려
변비가 생길 수 있거든요.

설사가 심할수록 탈수 예방을 위해
충분한 수분 보충도 잊지 마세요!
(특히, 어린아이들과 노인분들에게 중요합니다.)

속이 울렁거려요
- 멀미약(패치제)

여행길의 불청객, 멀미!

증상이 얼마나 심한지는 물론이고

출발까지 남은시간

모든 멀미약은 예방약! 미리 먹어야 하거든요.

나이

약마다 복용 가능 연령과
연령별 용량이
다 달라요!

\+ 기존에
복용 중인 약 등등.

멀미가 심한데,
장시간 이동해야 하는 성인의 경우에는

스코폴라민 패치제가 가장 효과적입니다.

키미테패취
(스코폴라민 1.5mg)
한번 붙이면,
3일 동안 효과 지속!

이 약이 효과는 좋지만...
부작용 때문에
주의해서 사용해야 합니다!

패치는 반드시 1장만 붙이고

이동이 끝나면 즉시 떼어 내고,
부착면을 안쪽으로 접어서 버리세요.

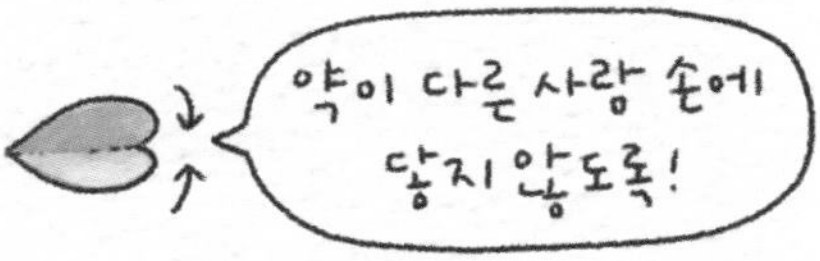

그리고 약을 탈부착한 후에는 꼭 손을 씻어요.

※ 만 16세 이상만 사용 가능합니다.

그 리 고,
이 약은 출발 4시간 전에 붙여야 해요.

속이 울렁거려요
-멀미약(경구제)

먹는 멀미약은
출발 30분~1시간 전에
복용해야 하고,

추가 복용이 필요할 때는
최소 4시간 간격을 두어야 합니다.

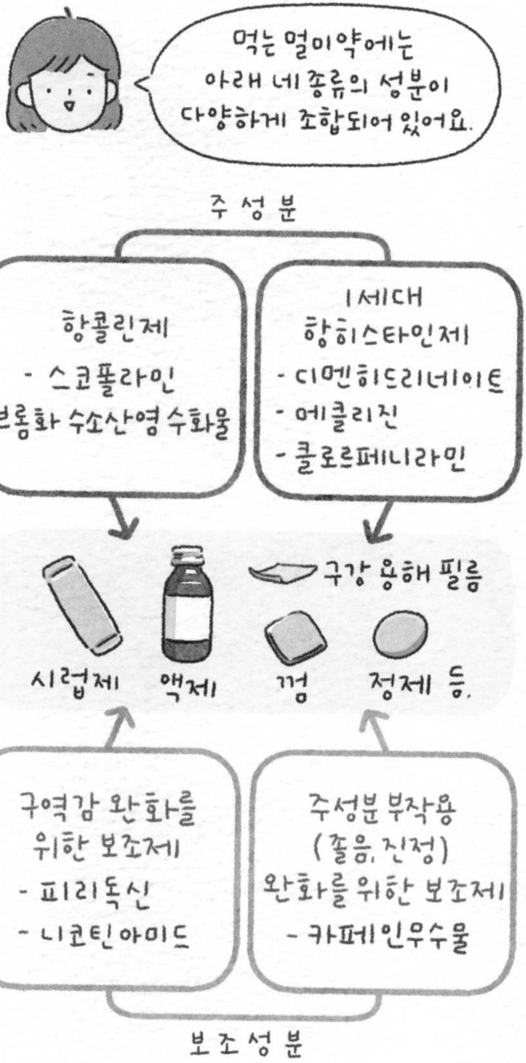
먹는 멀미약에는
아래 네 종류의 성분이
다양하게 조합되어 있어요.
주 성분
항콜린제
- 스코폴라민
브롬화 수소산염 수화물
1세대
항히스타민제
- 디멘히드리네이트
- 메클리진
- 클로르페니라민
구강 용해 필름
시럽제
액제
껌
정제 등.
구역감 완화를
위한 보조제
- 피리독신
- 니코틴아미드
주성분 부작용
(졸음, 진정)
완화를 위한 보조제
- 카페인무수물
보조성분

스코폴라민 + 항히스타민제

ex) 보나링츄어블정, 토스롱액, 메카인정 등.

스코폴라민 + 항히스타민제 + 아미노벤조산에틸

ex) 아에론캡슐

위 점막에 작용하여
구역을 억제시켜 주는 성분 추가!

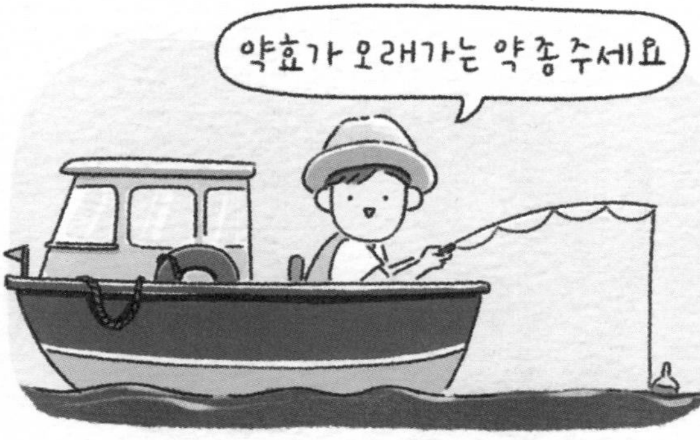
약효가 오래가는 약 좀 주세요

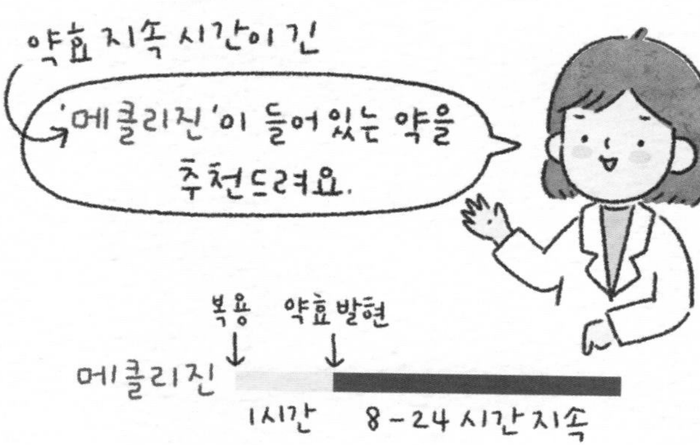
약효 지속 시간이 긴
'메클리진'이 들어있는 약을
추천드려요.
복용
약효발현
메클리진
1시간
8-24 시간 지속

ex) 멀스토 구강용해필름, 메카인정, 노보민 시럽 등.

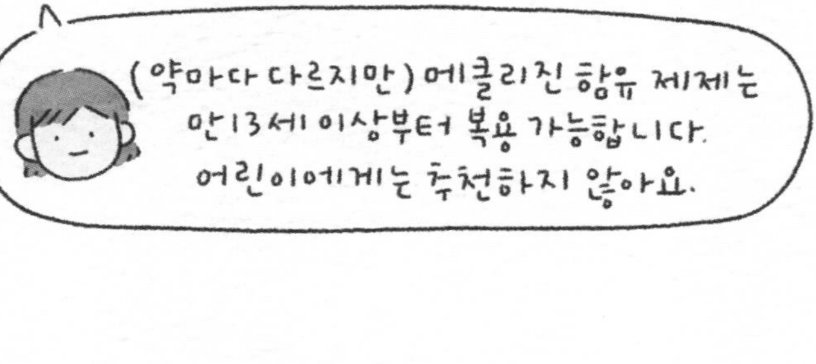
(약마다 다르지만) 메클리진 함유 제제는
만13세 이상부터 복용 가능합니다.
어린이에게는 추천하지 않아요.

단거리 여행이라, 약효가 짧은 게 나아요.
(약 먹으면 좀 나른하더라구요.)
xxx역 ⟷ x

⇒ 주성분으로 '디멘히드리네이트'만
들어 있는 약을 추천드립니다.

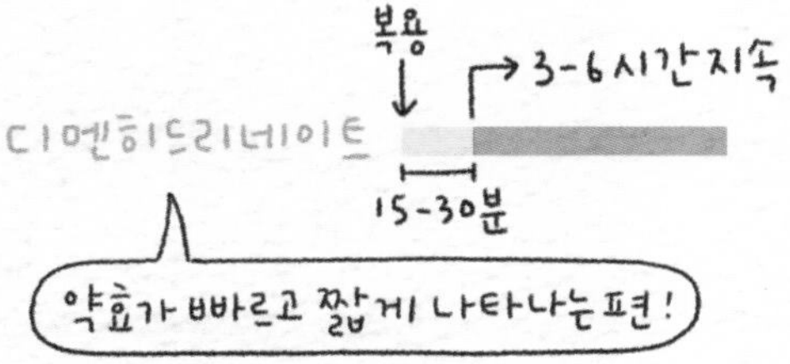
복용
3-6시간 지속
디멘히드리네이트
15-30분
약효가 빠르고 짧게 나타나는 편!

ex) 스피롱액, 이지롱내복액, 소보민시럽, 디노타시럽,
차배비시럽, 마미즈시럽 등.

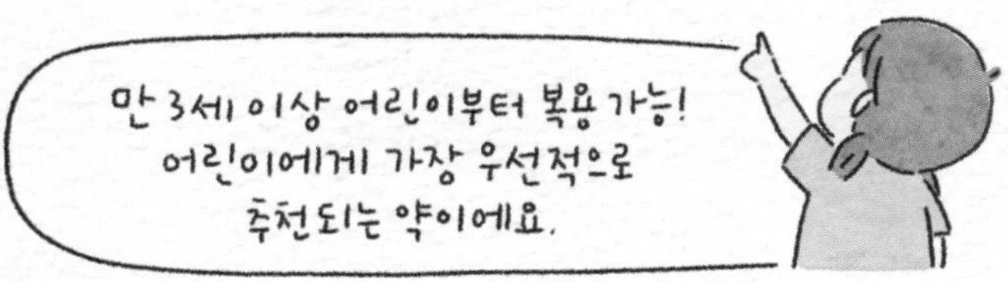
만 3세 이상 어린이부터 복용 가능!
어린이에게 가장 우선적으로
추천되는 약이에요.

피곤해서 그냥
한숨 자면 좋겠어요

그렇다면...
카페인 안 들어있는
멀미약 주세요.
이렇게
요청하시거나,

혹은 '뱅드롬액'을 추천합니다.
두 종류의 항히스타민제가
배합되어 있어
졸음·진정 작용이 강해요.

멀미약 주세요
잠깐!
혹시, 감기약 복용 중이신가요?

감기약(해열제, 진해거담제, 항히스타민제…)과
멀미약은 동시에 복용하면 안 됩니다.
임의로 상비약 드실 때, 특히 주의해 주세요.

그리고 멀미약은 입을 마르게 할 수 있어요.

생강차로 입을 축여 보세요.
생강이 구역감 완화에 도움이 된다는 연구 결과가 있거든요!

알고 먹자,

오메가3

이런 질문에
가장 먼저 떠오르는 영양 성분이

영양제,
뭐부터 먹어 볼까요?
오메가쓰리는
드시고 계세요?

오메가3인 것 같아요.

체내에서 합성되지 않아서
'필수'로 섭취해야 하는
'지방산'인 데다,

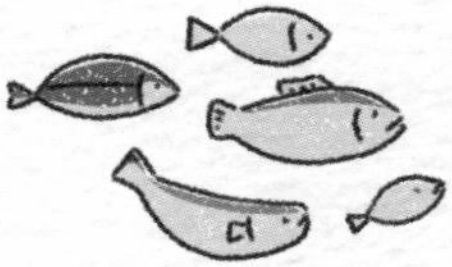

식품의약품안전처에서
인정한 기능만 해도...

"혈중 중성 지질 개선 · 혈행 개선 · 기억력 개선 ·
건조한 눈을 개선하여 눈 건강에 도움을 줄 수 있음"

구구절절 중요한 것들이니까요.

그런데 이 중요한 기능들은
충분한 양의 'EPA+DHA'를 복용했을 때
얻을 수 있습니다.

캡슐의
총량이
아니라

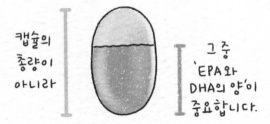

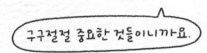

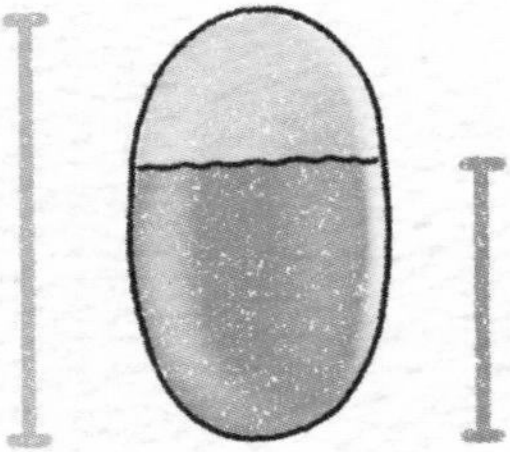

그 중
'EPA와
DHA의 양'이
중요합니다.

〈일일 섭취량〉

▷혈중 중성 지질 개선 · 혈행 개선
: EPA와 DHA의 합으로서 0.5-2g

▷기억력 개선 : EPA와 DHA의 합으로서 0.9-2g

▷건조한 눈 개선 : EPA와 DHA의 합으로서 0.6-2.24g

'EPA와 DHA의 합'은
제품 패키지에서 쉽게 확인할 수 있습니다.

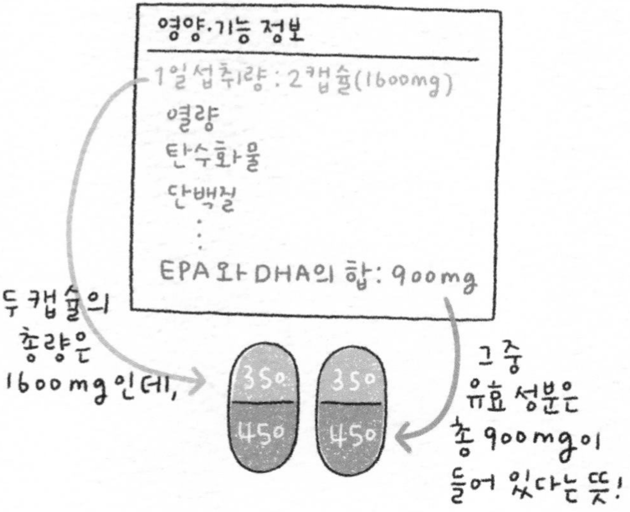
영양·기능 정보
1일 섭취량 : 2캡슐(1600mg)
열량
탄수화물
단백질
EPA와 DHA의 합 : 900mg
두 캡슐의
총량은
1600mg인데,
350
450
350
450
그 중
유효 성분은
총 900mg이
들어 있다는 뜻!

이렇게 따져 보면,
자연스레 약의 순도도 가늠할 수 있게 됩니다.

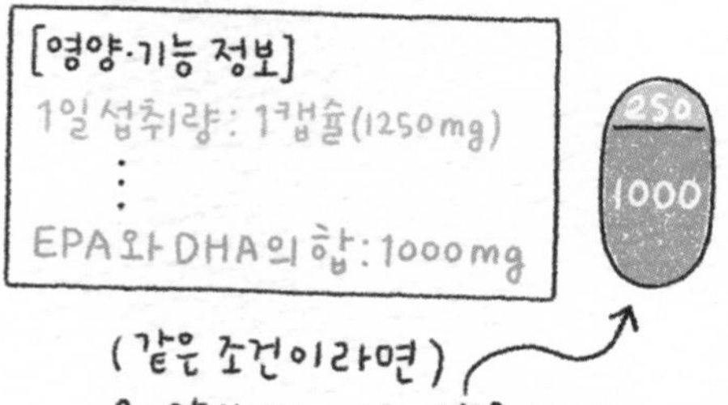
[영양·기능 정보]
1일 섭취량 : 1캡슐(1250mg)
EPA와 DHA의 합 : 1000mg
250
1000

(같은 조건이라면)
위 약보다는 아래 약을 선택하겠죠.

약의 순도는 오메가3의 형태와도 연관이 있어요.

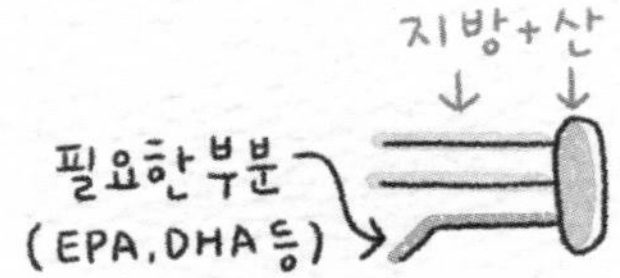
지방+산
필요한 부분
(EPA, DHA 등)

자연 상태의 오메가3(TG)는 흡수가 잘 되지만 불필요한 부분이 많아 순도가 떨어집니다.

그래서 가공을 거쳐 순도를 높인 형태로 사용되죠.

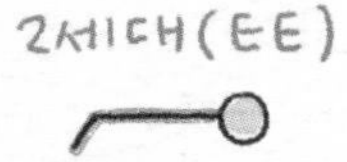
2세대(EE)

순도를 높였지만
구조가 달라져서
흡수율이 떨어져요.

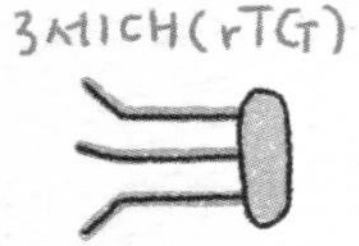
3세대(rTG)

순도도 높고,
흡수도 잘 돼요.

오메가3는
무조건
알티지지!
이런 이유로 최근
'알티지오메가3'가
가장 선호되는 것
같은데…

단기간(2주) 복용 연구에서는
EE 보다 rTG의 흡수율이
우수했으나

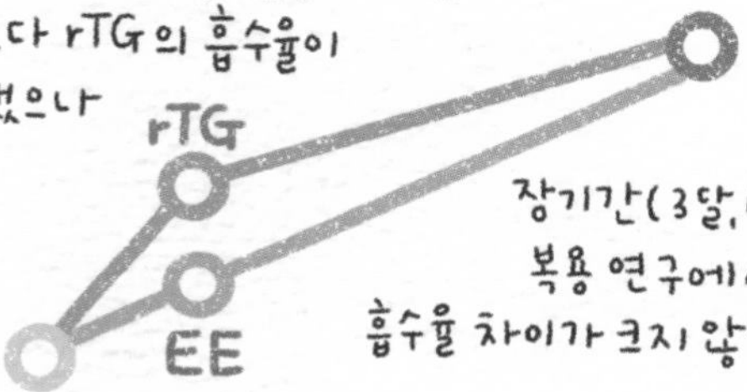
rTG
EE

장기간(3달, 6달)
복용 연구에서는
흡수율 차이가 크지 않았고

이 흡수율 차이가 임상적으로 의미가 있는지는 아직 모릅니다.

그러니까...
'EE냐 rTG냐'
그것은 개인의 선택!

다만, (EE든 rTG든) 오메가3는
공복이나 가벼운 아침 식사 후보다
기름진 식사 후 복용했을 때
흡수율이 높아지는 것은 분명해요!

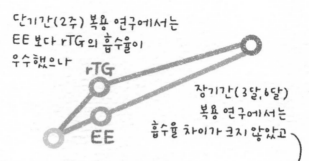

그리고 오메가3는 기름이기 때문에

빛, 산소, 열 등에 의해 산패되기 쉬워요.

아무리 좋은원료라도
적절한 포장,유통,
보관이 중요!
오메가3

소비자 입장에서는…

한 번에
대량 구매 하기보다
적당량씩만
두고 복용하는것이 좋고,

핫딜
원
오메
가3
수량
10

유통 기한이 지나지 않았더라도

20XX.XX.XX

냄새가 나거나
변색된 약은 먹으면
안 됩니다.

제품을 고를 때는
병 포장된 제품보다는 개별 포장된 제품을
더 추천합니다.

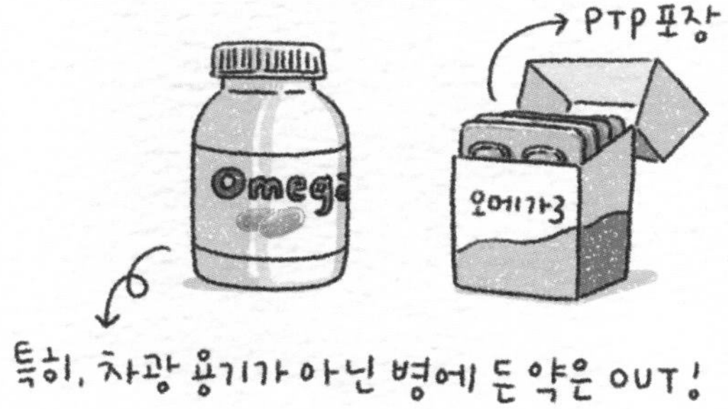

IFOS 인증을 받은 제품을 고르는 것도
좋은 방법이 될 수 있습니다.

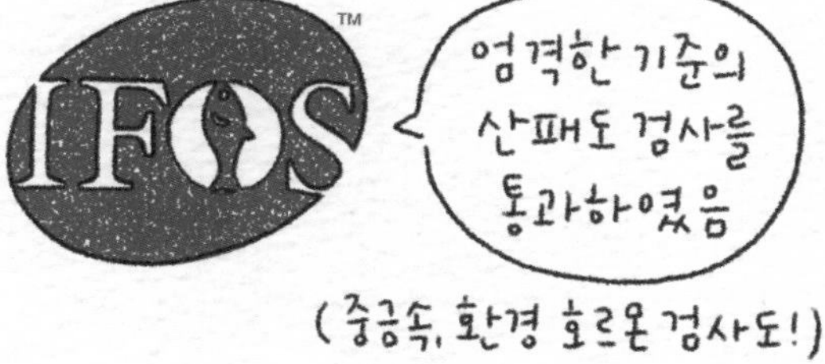

4장

피부에 뭐가 나요

뾰루지가 났어요
-여드름 일반 의약품

비염증성 여드름

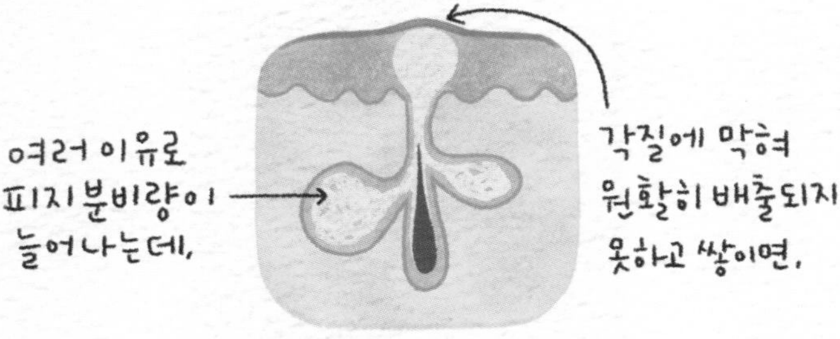
여러 이유로
피지분비량이
늘어나는데,
각질에 막혀
원활히 배출되지
못하고 쌓이면,

⇒ 화이트헤드! (폐쇄 면포)

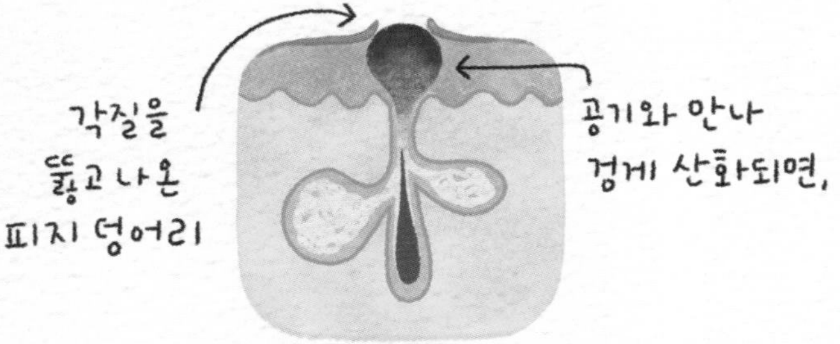
각질을
뚫고 나온
피지 덩어리
공기와 만나
검게 산화되면,

⇒ 블랙헤드! (개방 면포)

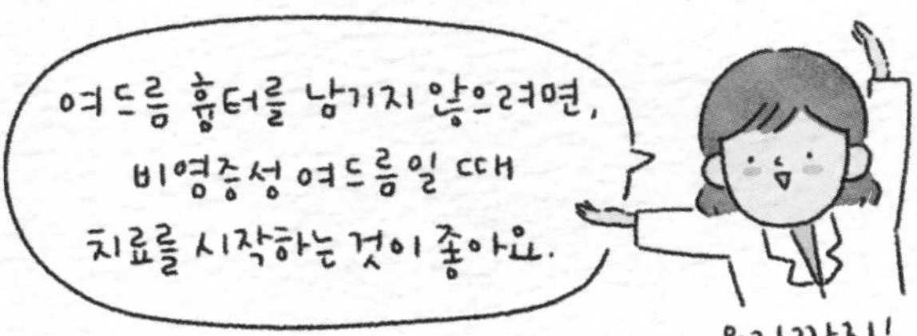
여드름 흉터를 남기지 않으려면,
비염증성 여드름일 때
치료를 시작하는 것이 좋아요.
요기까지!

염증성 여드름

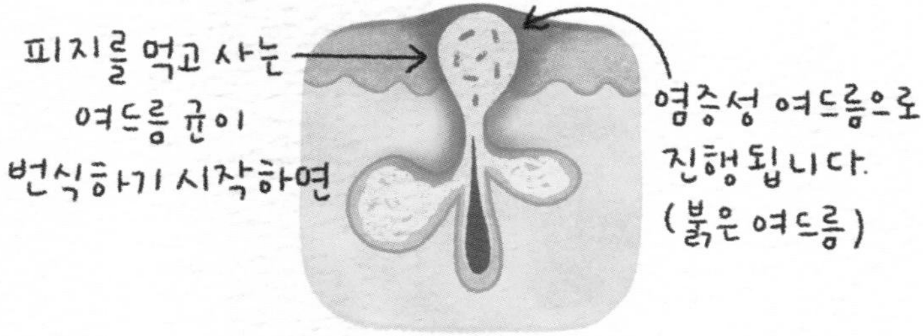
피지를 먹고 사는
여드름 균이
번식하기 시작하면
염증성 여드름으로
진행됩니다.
(붉은 여드름)

약국의 여드름약으로는
경증의 여드름이
악화되지 않도록
관리할 수 있어요.

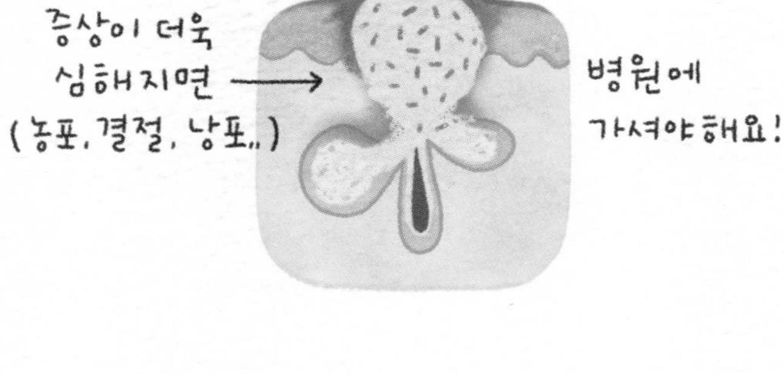
증상이 더욱
심해지면
(농포, 결절, 낭포..)
병원에
가셔야 해요!

1. 피지 배출을 원활하게, 각질 용해제!

살리실산(Salicylic acid) 2%
ex) 클리어틴 외용액 등.

비염증성 여드름에 사용하세요.

- 1일 2회(아침, 저녁)
(단, 자극이 심하다면 횟수를 조절하여 서서히 적응시켜 주세요.)
- 외출 시 자외선 차단제 필수!

2. 여드름 균을 죽여라! (+각질 제거 효과)

과산화벤조일 (Benzoyl Peroxide)
ex) 파티마겔 등.

항생제와 다른 방식으로 여드름 균을 억제해서
내성이 생기지 않습니다.

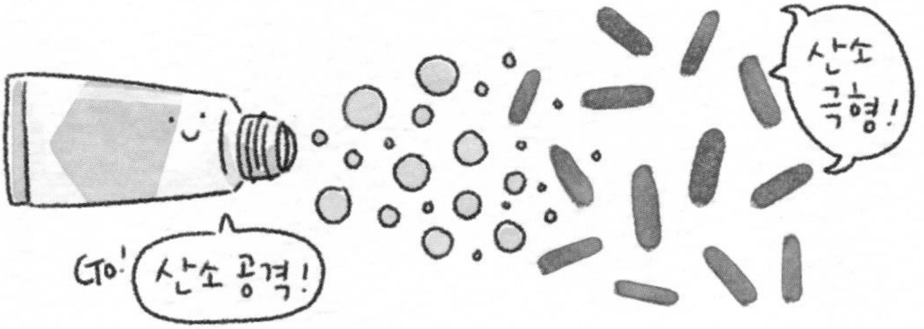

비염증성 여드름, 경증의 붉은 여드름에 사용하면

여드름이 악화되는 것을 방지할 수 있어요.

이 약은 피부 자극이
심한 편이라서..

병변에만 톡톡톡,
취침 전 1회씩 사용하다가

적응이 되면,
아침 / 저녁으로 2회 사용하세요.

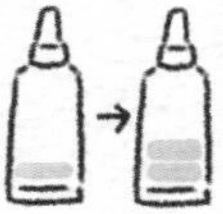

저농도(2.5%)부터
사용해 보세요.

*약이 묻으면
머리카락이나 옷이
변색될 수 있어요.

*병원에서 처방받는
'트레티노인' 제제와
병용하지 마세요.

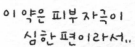

↳ 트레티노인의 효과가 떨어질 수 있어요.

3. 울긋불긋한 여드름, 염증을 줄여 보자!

이부프로펜피코놀 + 이소프로필메틸페놀
ex) 애크논크림, 큐아크네크림 등.

이 약은 염증과 통증을 줄여 주고
항균 작용이 있어요

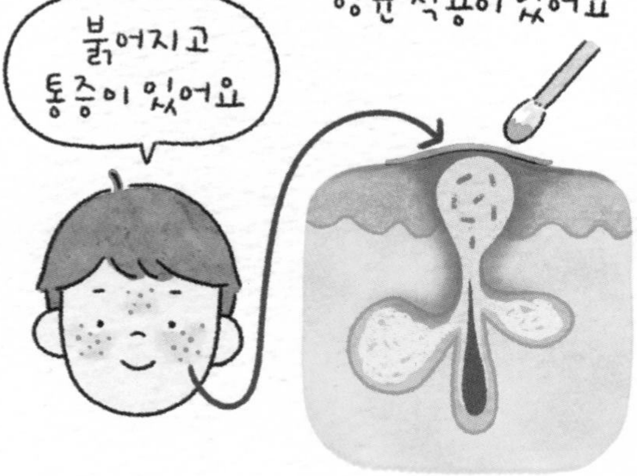

자극적이지 않아서
수시로 발라도 되지만

각질 용해 작용이 없기 때문에
필요시 각질 제거제를
따로 사용해 주어야 합니다.

지긋지긋한 아토피
- 아토피 피부염 관리

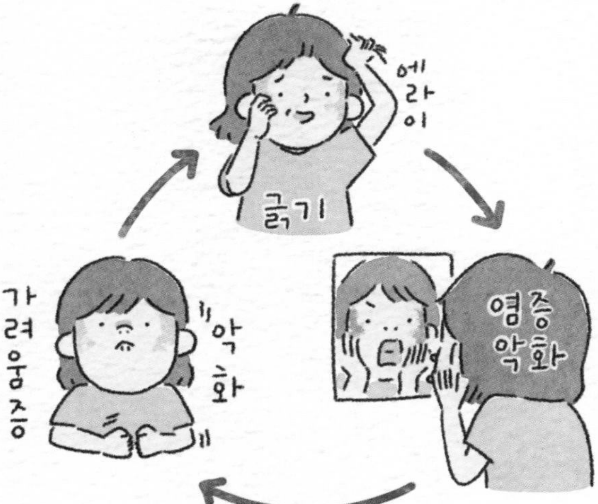

아토피 피부염의 대환장 파티 서클

아토피 피부염은
꾸준히 관리해야 하는
만성 염증성 질환이죠...

그리고.. 스테로이드 외용제는
아토피 피부염 관리에 없어서는 안 되는
1차 치료제입니다.

스테로이드제는 강도에 따라
7등급으로 나뉘는데..

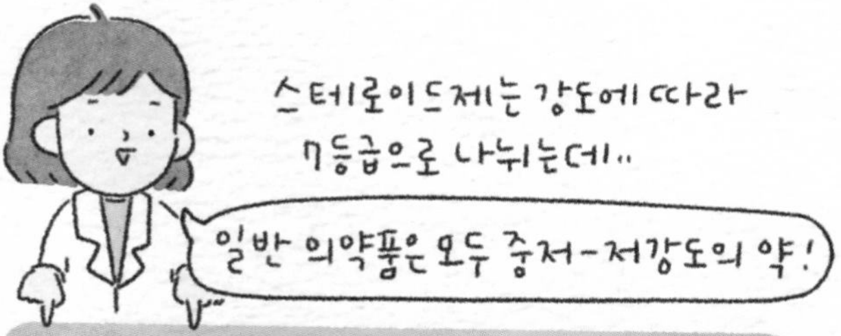
일반 의약품은 모두 중저-저강도의 약!

7 ―――――――――――――――――――― 1

베타메타손 ex) 쎄레스톤지 등.
발레레이트

프레드니솔론 ex) 리도멕스0.15% 등.
발레로아세테이트(0.15%)

히드로코르티손(1%, 2.5%) ex) 락티케어 등.

뿐만 아니라
성분이 같더라도 제형에 따라 강도가 다릅니다.

액제 < 겔제 < 로션 < 크림 < 연고

→ 스테로이드 성분, 농도, 제형을 고려해서 사용!

이 약도 잘 안 들어요!
더 쎈 스테로이드를
써야 되는 건가요?!
그 전에..
혹시, 너무 조금 바르고 있는 건
아닌지 확인해 보세요.
스테로이드는
약 0.5g
성인 검지손가락 한 마디 양을
성인 두 손바닥 면적에 펴 바를 때
적정량입니다.

스테로이드제가
염증을 완화시켜
준다면,

당장의 가려움증에는
항히스타민제가
필요합니다.

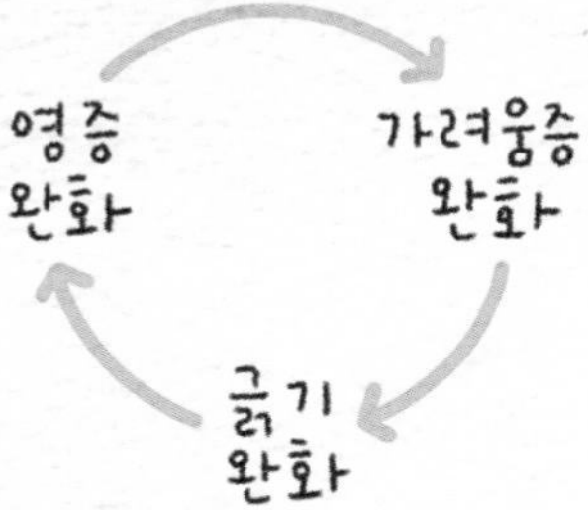

긁어서 피가 나거나 진물이 난다면,
항생제 연고가
추가로 필요할 수 있어요.

- ⓥ 스테로이드 + 항생제
복합 제제를 쓰시거나
- ⓥ 항생제 연고를 따로 추가하여 쓰셔도 됩니다.

'아토피피부염개선' 관련 연구가 활발히 진행되고 있는 보조제들

- 비타민D
- 오메가3
- 달맞이꽃유, 보리지 오일 (오메가6)
- 유산균 (락토바실루스 람노서스 GG, 비피도박테리움 락티스, 스트렙토코커스 써모필러스 등)

아직 근거가 확립되지는 않았지만...
적정량 섭취해 볼수 있겠죠!

잡티가 생겼어요

- 기미약

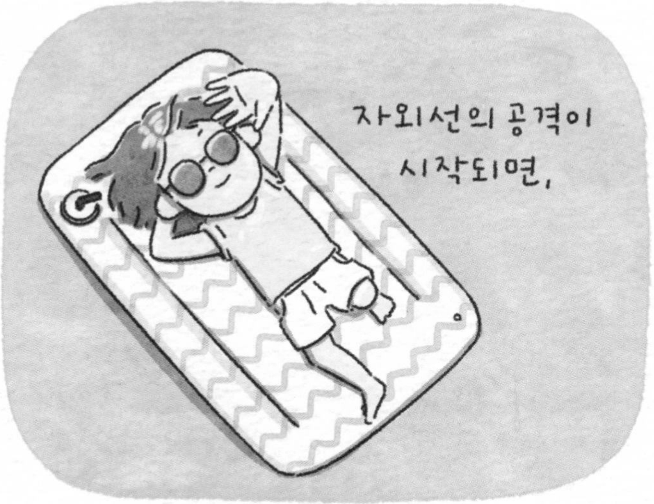
자외선의 공격이
시작되면,

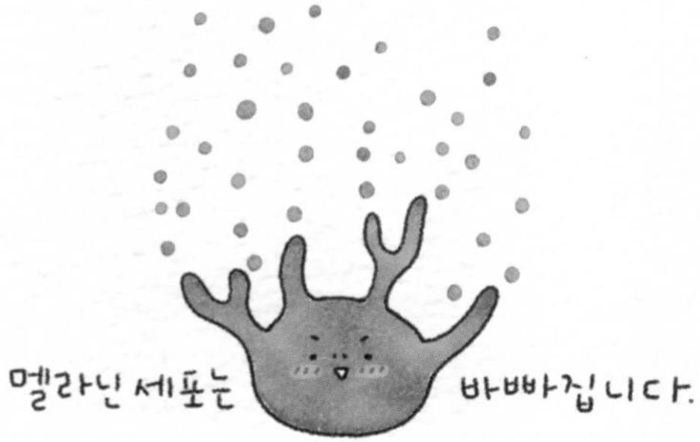
멜라닌 세포는
바빠집니다.

우리 피부의 표피층은
대략 4주를 주기로 재생되어
밝고 건강하게 유지되는데,

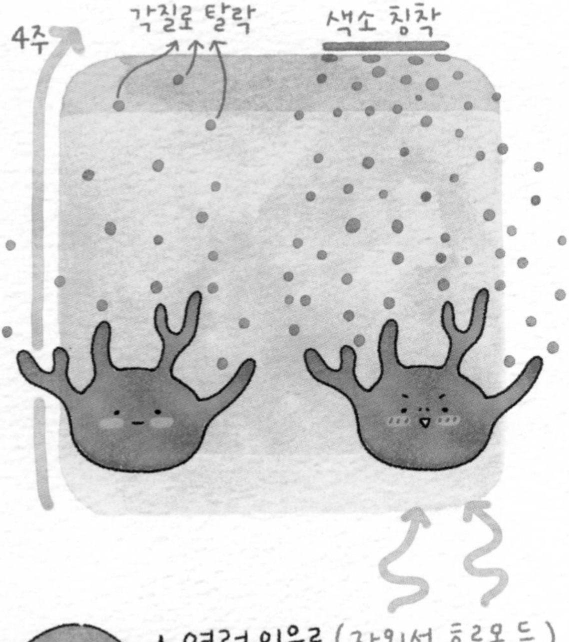

여러 이유로 (자외선, 호르몬 등)
멜라닌 색소가 과다 생성되고,
각질로 탈락되지 않고 쌓이면,
검은 잡티가 생깁니다.

그러니까…

부적절
적절한 각질 관리가
치료에 도움이 될 수 있고

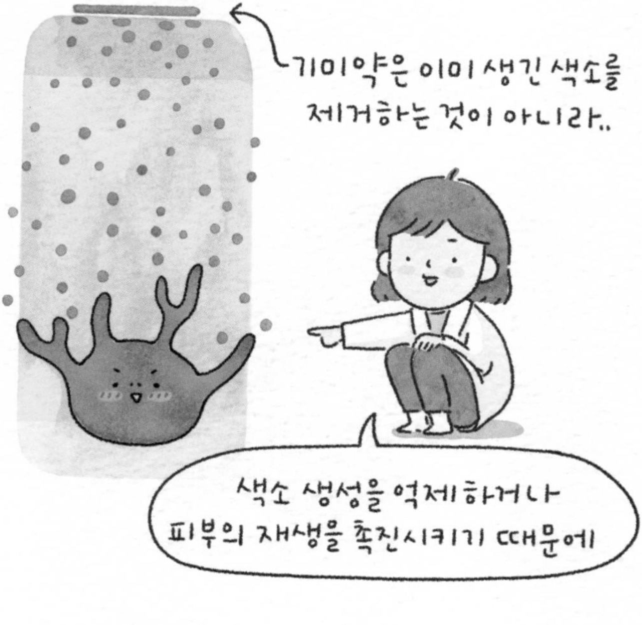
기미약은 이미 생긴 색소를
제거하는 것이 아니라..
색소 생성을 억제하거나
피부의 재생을 촉진시키기 때문에

어떤 약이든지 최소 4주 이상 사용해야
효과를 볼 수 있어요.
(8주 사용을 추천!)

갑자기 심해진 기미를 빨리 없애고 싶다면

먹는 약 + 바르는 약을 같이 사용해 볼 수 있어요.

트라넥삼산+항산화제 복합제를
2개월 동안 복용하면서
ex) 더마화이트정, 트란시노정 등.

단, 이런 분들은 트라넥삼산을 피해 주세요.

항산화제로
대신해 주세요.

- 혈전증 병력이 있다.
- 경구 피임약을 복용 중이다.
- 흡연가
- 55세 이상이다
- 임산부, 수유부

항산화제(비타민C+엘시스테인+판토텐산)
ex) 멜라클리어어드밴스, 멜리씨 등

매일 밤, '히드로퀴논' 외용제를
착색된 부위에만 얇게 바르고 자세요.

* 히드로퀴논을 바른 부위가 자외선에 노출되면
색소 침착이 오히려 악화될 수 있으므로
취침 전 1회 사용을 권장드립니다.

히드로퀴논은
자극성이 있어요.
홍반, 따가움, 작열감 등

→ 사용 빈도를 조절하며 하루 1회까지 늘려 보세요.

히드로퀴논 외용제는 두 종류가 있어요.

일반 의약품

히드로퀴논
4% 이하

ex) 도미나크림,
멜라토닝크림 등

전문 의약품

히드로퀴논 5%
+
트레티노인
+
(약한) 스테로이드

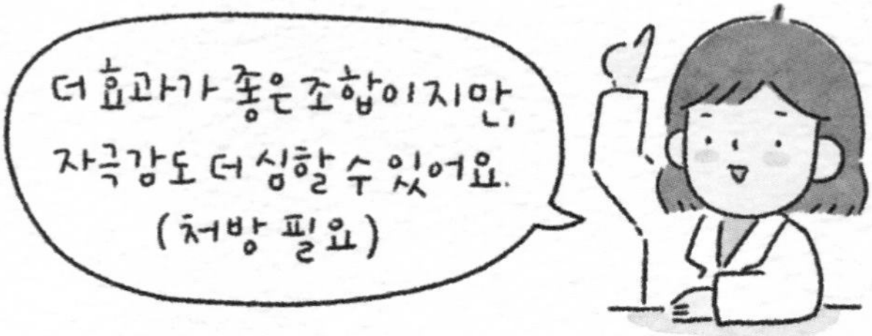
더 효과가 좋은 조합이지만,
자극감도 더 심할 수 있어요.
(처방 필요)

이게 뭐여

2개월 사용 후에도 효과가 없다면
사용을 중단하고,

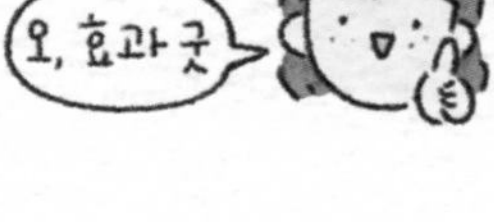
오, 효과굿

일정 기간 사용 후
휴약기를 가져야 합니다.
(장기연용하면 안됩니다.)

만약 자극이 너무 심하다면...

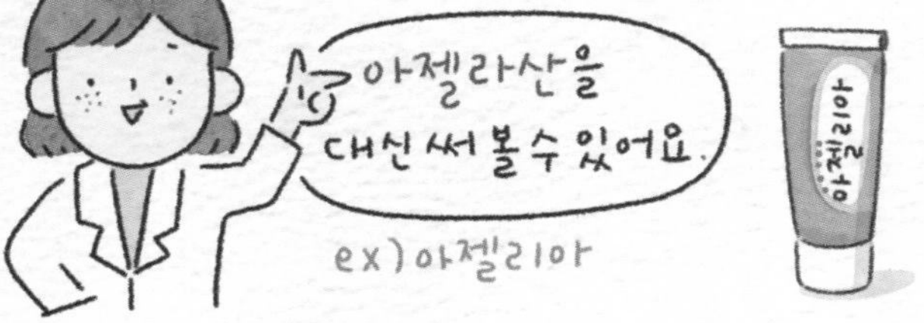
아젤라산을
대신 써볼수 있어요.
ex) 아젤리아
아젤리아

여드름 약이지만, 기미에도 히드로퀴논 4%와
효과가 유사하다는 연구 결과가 있어요.

매일 자외선 차단제 바르기는
기본 중의 기본!

히드로퀴논 때문에
피부가 빛에 더욱 민감해지므로 꼭! 발라야해요.

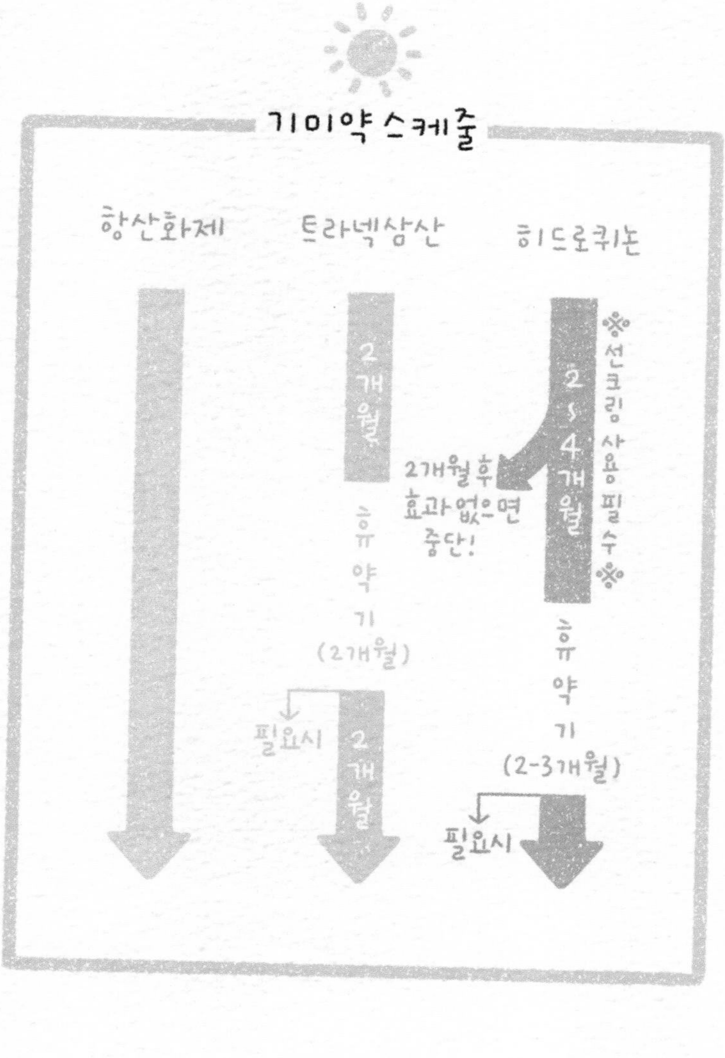

기미약 스케줄
항산화제
트라넥삼산
히드로퀴논
2개월
휴약기 (2개월)
필요시
2개월
2개월 후 효과 없으면 중단!
2~4개월
※선크림 사용 필수※
휴약기 (2-3개월)
필요시

또.. 무좀인가 봐요
- 무좀 약1

너어…는 진짜
인생의
동반자냐

생각보다 무좀 환자가 많아요.
(부끄러워 말아요)

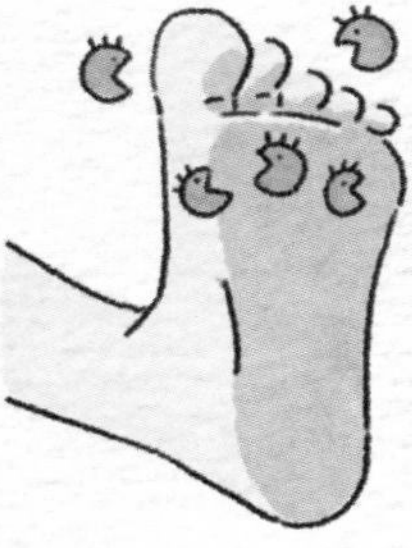

무좀은 각질을 먹고 사는 곰팡이에 감염되어 생기는 질병입니다.
→ 곰팡이(진균)를 죽이는 약으로 치료합니다.

바르는 발바닥 무좀 약에 사용되는
대표적인 항진균제는 두 가지!

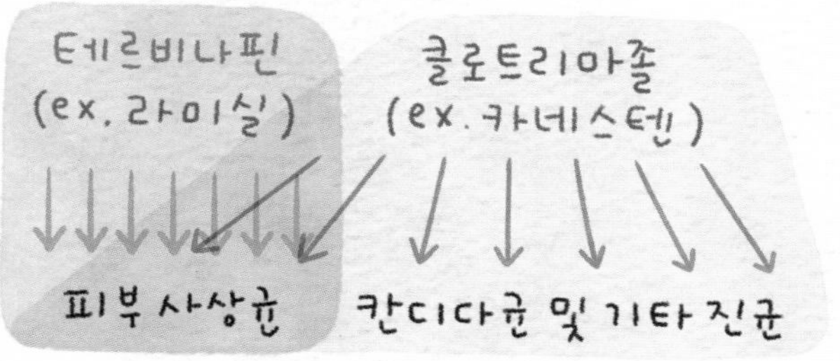

테르비나핀은..

무좀의 가장 흔한 원인균인
'피부 사상균'을 집중 공격해서
발바닥 무좀에 효과가 더 빠른 반면,

클로트리마졸은

더 넓은 범위의 진균에 작용하고
피부에 대한 자극성이 낮지만
발바닥 무좀에는 효과가 상대적으로 더딘 편입니다.

그러니까
발바닥 무좀 약은

이렇게 한번
써 보세요.
테르비나핀제제 사용
효과가 없거나 미미하다면
클로트리마졸 제제로 변경 / 추가

만약 손톱이나 발톱에 무좀이 생겼다면,
정말 오—랜 치료가 필요해요.

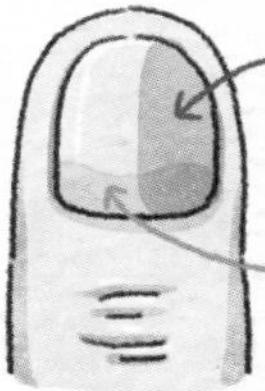

손발톱 면적의
50% 이상 감염되었거나
무좀 균이 뿌리 쪽으로 침범했거나
감염된 손발톱이 여러 개라면

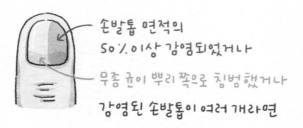

약국 약으로 치료가 어려우니
병원으로 가셔야 합니다.

증상이 가볍다면 약국 약으로 치료해 볼 수 있지만,

연고제로는 안 돼요.

약이 손발톱에 침투하지 못하거든요.

매니큐어처럼 바르는 '네일라카' 제형을 써야 합니다.

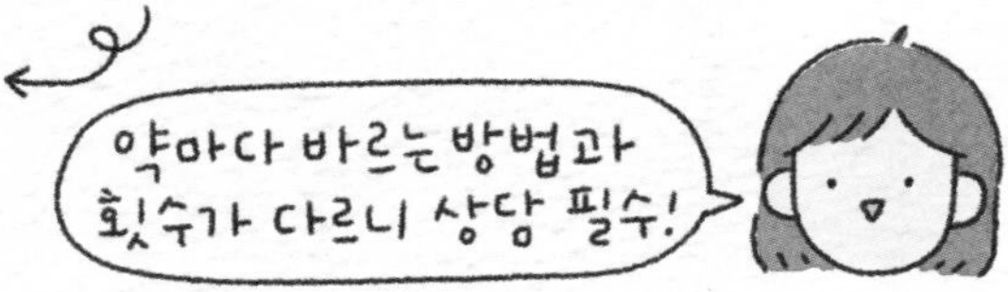

약마다 바르는 방법과 횟수가 다르니 상담 필수!

중요한 것은 치료 기간을 충분히 채워야 한다는 것!

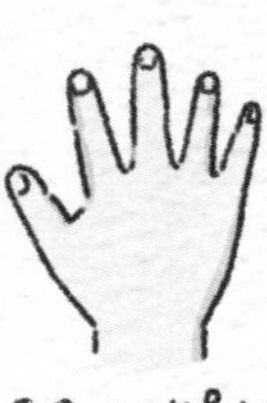

손톱은 6개월 정도

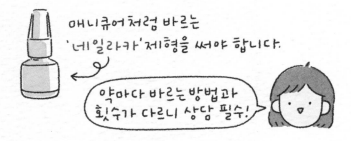

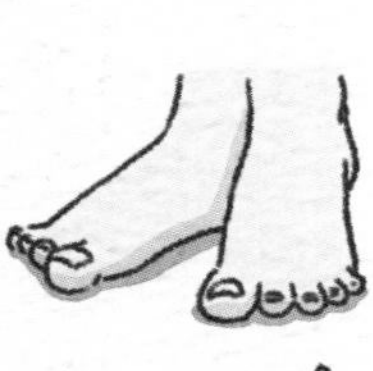

발톱은 9-12개월 정도

또.. 무좀인가 봐요
- 무좀 약 2

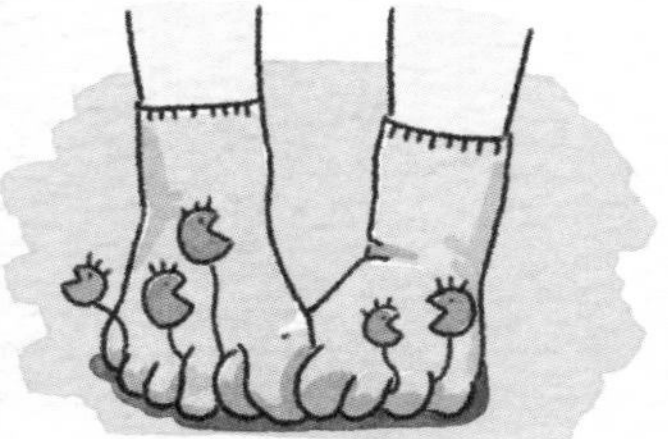

무좀 균이야,
항진균제가 처리해 주겠지만...

만약 무좀으로 인해 불편한 증상이 있다면,

이런 증상은
항진균제 단일 성분만으로는 (당장) 해결되지 않아요.

발가락 사이에 생기는 지간형 무좀,
물집까지 잡히는 수포형 무좀은
가려움증이 동반되는 경우가 많아요.

가렵고, 작열감도 있어요!
손으로 긁지 마시고...

이런 성분들이 배합된 복합 제제가 많답니다.
리도카인, L-멘톨,
디펜히드라민, 크로타미톤 등.
→ 가려움증, 작열감 완화
에녹솔론, 글리시리진 등.
→ 염증 완화

ex) 무조날쿨, 무조라실쿨, 피엠졸큐액 등.

수포가 터졌다면,
세균에 의한 이차 감염도
예방해야 합니다.

→ 이소프로필메틸페놀(항균제)이 배합된 약을 쓰시거나
ex) 무조날파워스프레이,
터비뉴더블액션겔,
바르지오오두크림, 풋원겔 등.

→ 기존에 쓰시던 항진균제에
＋ 항생제 연고를 추가로 사용하세요.

이런 경우,
약 흡수율도
떨어질 수 있어서
각질 제거가 필요해요.

우레아(Urea) 혹은 살리실산(Salicylic acid)이
배합된 약을 사용하세요.
ex) 피엠외용액, 터비나플러스크림, 테르비플러스크림 등.

복합 제제의
각질 용해 효과가
부족하다면...
우레아 단독 제제를
사용한 후,
항진균제를 써 보세요.
우레아
50mg/g
우레아
200mg/g

* 단, 염증이 심한 병변에는 각질 용해제 사용을 피해 주세요.

무좀 약은 다양한 제형으로 사용됩니다.

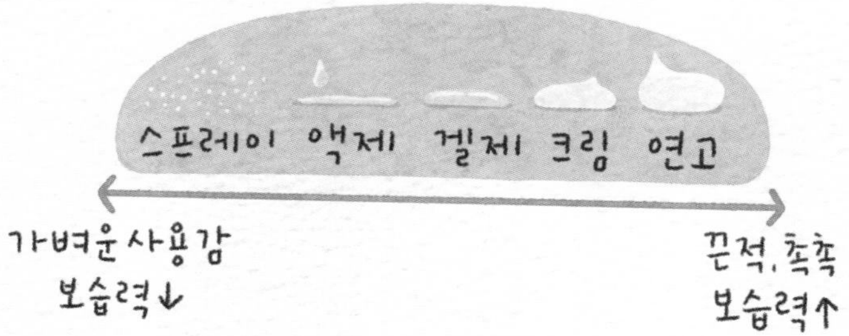
스프레이 액제 겔제 크림 연고
가벼운 사용감
보습력↓
끈적, 촉촉
보습력↑

바쁜 아침에는
빨리 마르는 겔제나 액제를

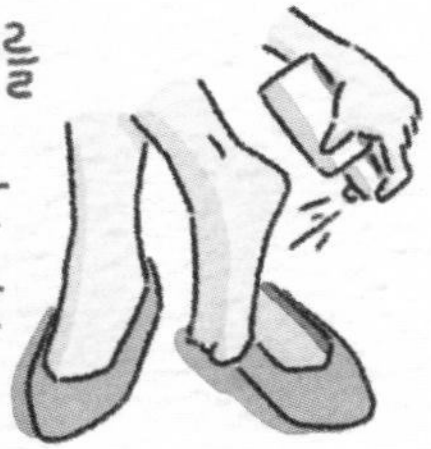

집 밖에서는 간편한
스프레이제를

상황에 따라 편하게 사용할 수 있는 제형,
각자의 병변에 알맞은 제형을
적절하게 사용해 보세요.

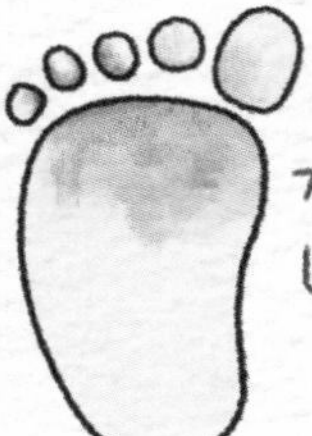

수포가 생기고
짓무른 병변에는
↳겔제, 액제 추천!

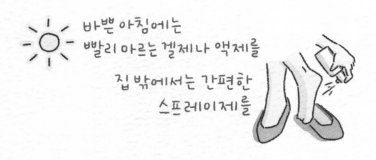

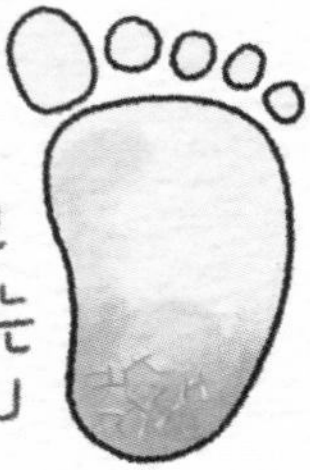

각질이 갈라지고
건조한 병변에는
연고, 크림 추천! ↵

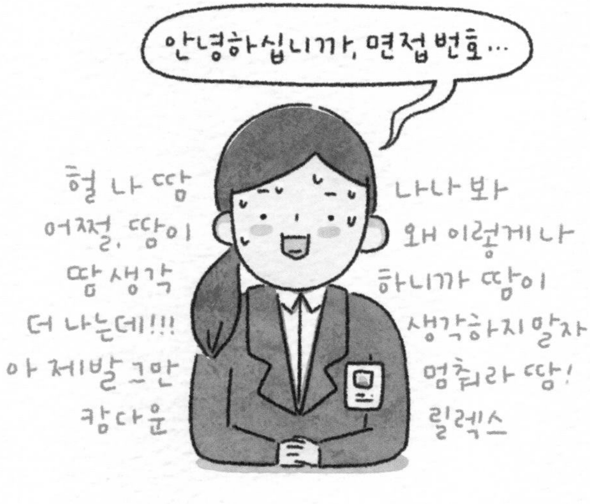

땀 분비 억제제가 필요한 순간이 있어요.

약국에는 적용 부위가 다른 두 종류의 약이 있답니다.

겨드랑이, 손, 발 얼굴

축축한 겨드랑이, 손, 발 곤란해!
→ 염화 알루미늄 제제

민감한 피부에는 저함량부터 써 보세요.

염화 알루미늄 20%	드리클로액, 노스엣액 데오란트액, 데오클렌액 등.
염화 알루미늄 12%	노스엣센스액, 스웨터브센스액

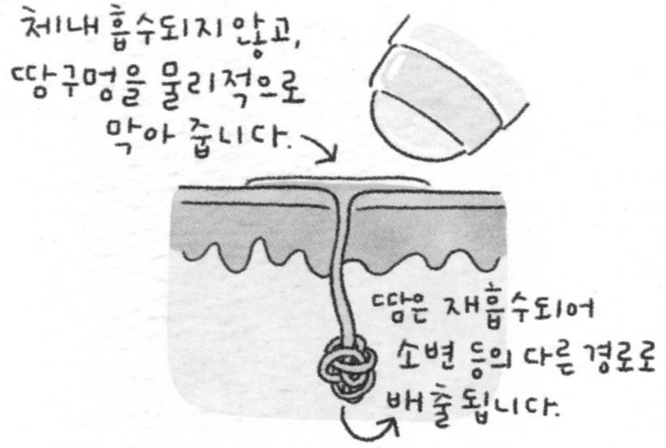

체내 흡수되지 않고,
땀구멍을 물리적으로
막아 줍니다.
땀은 재흡수되어
소변 등의 다른 경로로
배출됩니다.

〈 사용 방법 〉

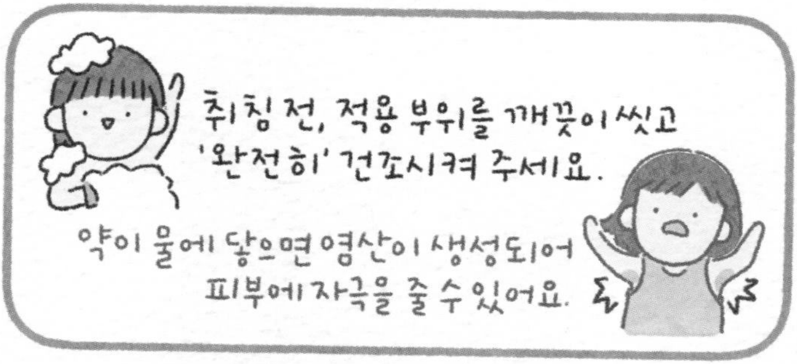

취침 전, 적용 부위를 깨끗이 씻고
'완전히' 건조시켜 주세요.
약이 물에 닿으면 염산이 생성되어
피부에 자극을 줄 수 있어요.

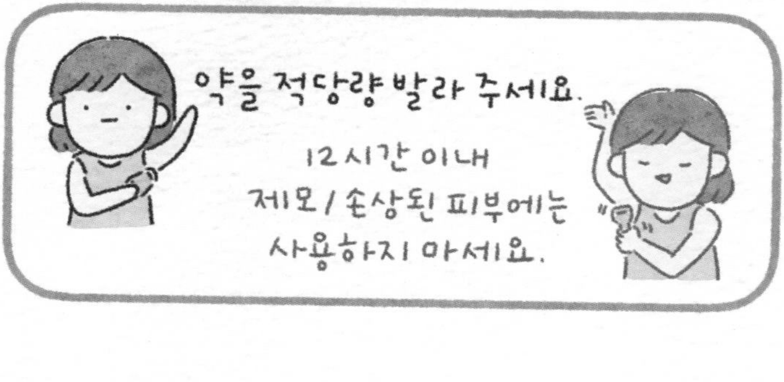

약을 적당량 발라 주세요.
12시간 이내
제모 / 손상된 피부에는
사용하지 마세요.

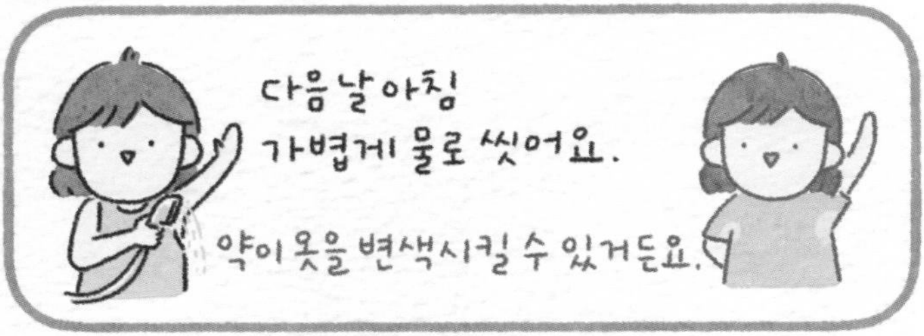

다음날 아침
가볍게 물로 씻어요.
약이 옷을 변색시킬 수 있거든요.

매일 사용하다가 → 땀이 줄어들면 → 주 1~2회로 횟수를 줄여 주세요.

얼굴에 땀이 비 오듯 하면...

→ 글리코피롤레이트 (스웨트롤패드액)

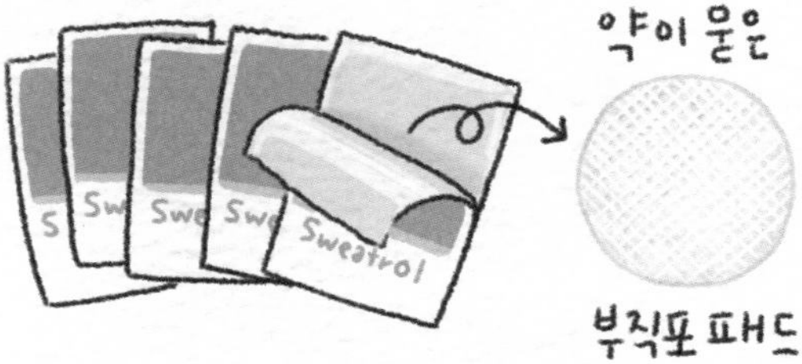

이 약은 피부로 흡수되어서..

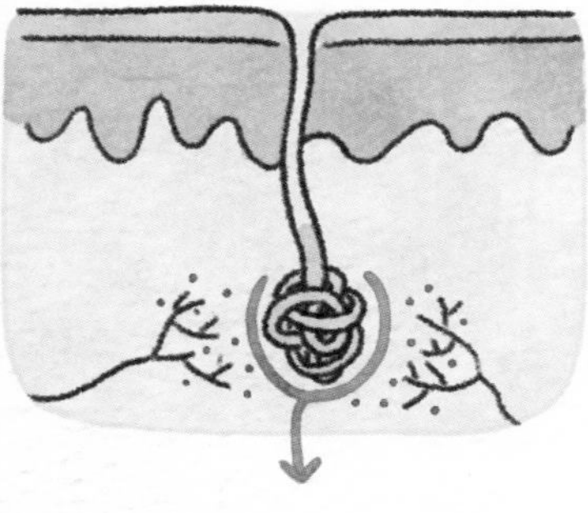

땀 분비를 촉진하는 신호를 차단!

→ 땀 분비 자체를 억제합니다.

〈사용 방법〉

① 깨끗하게 세안 후
완전히 건조시킨 얼굴을 준비한다.

② 스웨트롤 1장으로
5회 정도 가볍게 문지른다.
* 눈, 코, 입 주변은 피한다!

③ 약액이 묻은 손을 깨끗이 씻는다.

약액이 눈, 코, 입에 묻으면 부작용이 나타날 수 있어요!

④ 약을 바른 후 4시간 동안은 씻어 내지 않는다.
(1-2시간 동안은 땀이 눈에 들어가지 않도록 주의!)

30-40분 후
메이크업 OK!

약효는 15분 후
나타나고
1-3일 정도
지속됩니다.

알고 먹자,

비타민D

비타민D는 꼭 복용하지 않아도 돼요.

일광욕을 하면
체내에서 만들어지니까요.

언제? 겨울이 아닌 어느 날,
볕이 좋은 점심시간

어떻게? 선크림을 바르지 않은 팔, 다리를 내놓고
일주일에 2-3번씩 최소15분 내외로

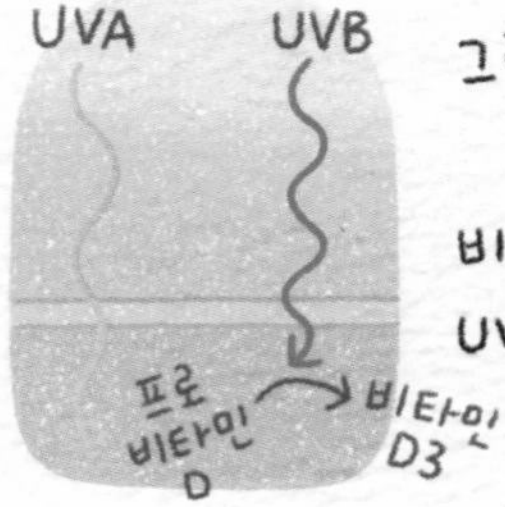

그렇지만…

비타민D는 자외선 중에서도
UVB를 받아야 합성되는데,

우리나라에서 UVB를 충분히 쬐는 일이
그리 쉽지만은 않아 보여요.

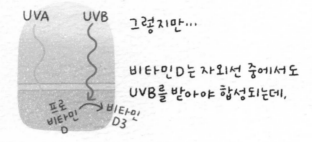

그래서 한국인 대다수가
비타민D 결핍 상태라는 보고도 있었어요.

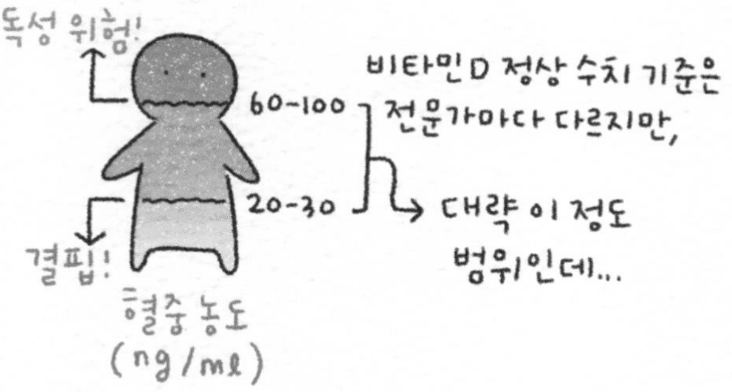

독성 위험!
60-100
20-30
결핍!
혈중 농도
(ng/mℓ)
비타민D 정상 수치 기준은
전문가마다 다르지만,
대략 이 정도
범위인데...

20ng/mℓ 기준 → 72% 결핍!

30ng/mℓ 기준 → 90% 결핍!

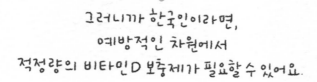

그러니까 한국인이라면,
예방적인 차원에서
적정량의 비타민D 보충제가 필요할 수 있어요.

우리나라의 일일 비타민 D 섭취 기준은 아래와 같습니다.

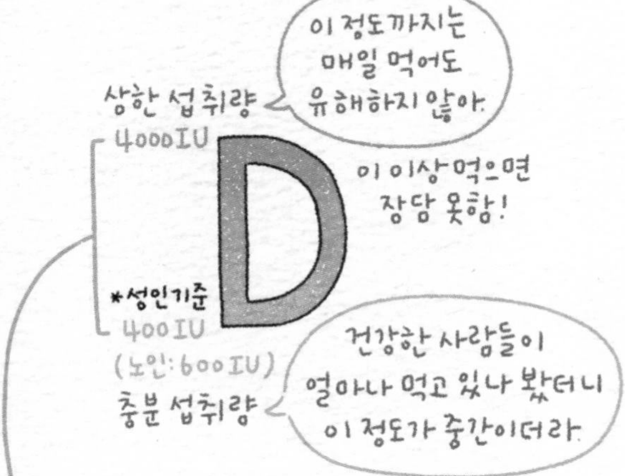

상한 섭취량
4000IU
이 정도까지는 매일 먹어도 유해하지 않아.
이 이상 먹으면 장담 못함!
*성인기준
400IU
(노인: 600IU)
충분 섭취량
건강한 사람들이 얼마나 먹고 있나 봤더니 이 정도가 중간이더라.

한국영양협회 <2020 한국인 영양소 섭취 기준>

가능한 섭취 범위가 상당히 넓고,
체내 비타민 D 농도에 관여하는 개별 요인이 많아서

생활패턴, 사는 지역, 나이, 질병, 계절...

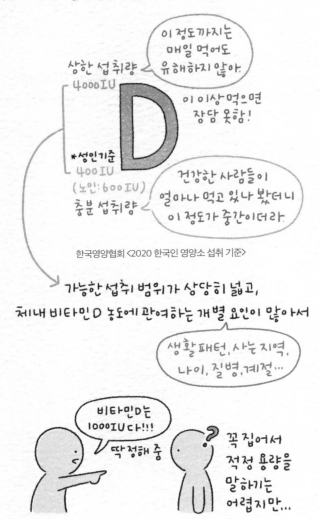

비타민D는 1000IU다!!!
딱 정해 줌
?

꼭 집어서 적정 용량을 말하기는 어렵지만...

혈중 비타민D 농도를
높일 필요가 있다면
충분 섭취량으로는 부족해요.

참고로,
미국 내분비 학회에서는
혈중 농도를 30ng/ml 이상으로 유지하기 위해

매일 1,500-2,000IU
복용을 권고합니다.

(성인 기준)

+ 대한골대사학회에서는

골다공증 치료,
골절 및 낙상 예방을 위해
30ng/ml 이상

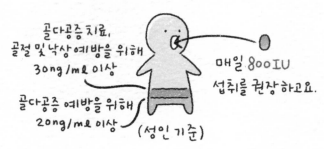

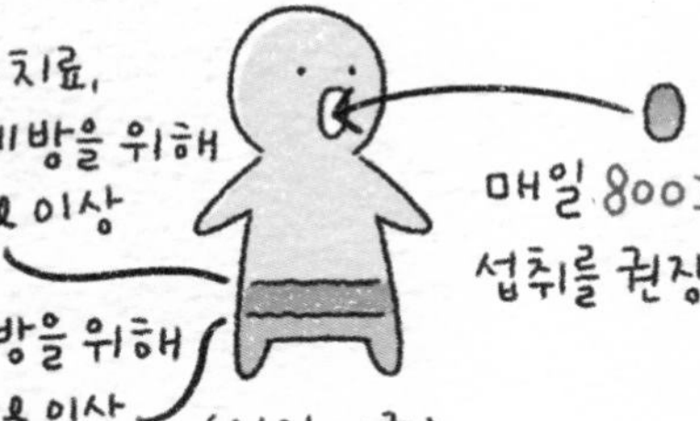

골다공증 예방을 위해
20ng/ml 이상

매일 800IU
섭취를 권장하고요.

(성인 기준)

최근에는 비타민D 열풍이 거세고

다양한 연구를 통해 일부 암, 말초 혈관 질환, 류머티즘 관절염, 당뇨, 알츠하이머, 다발 경화증 등의 질환과 낮은 비타민D 체내 농도 사이의 연관성이 밝혀진 바 있으나, 비타민D 보충이 위 질환들의 예방 효과가 있는지 여부에 대해서는 추가 연구가 필요한 상황입니다.

해외 직구로 고용량 제품을
어렵지 않게 구할 수 있다보니

임의로 고용량을
복용하는 분도
계실텐데...

※일일 4000IU 이상은 꼭 의사와 상담 후
복용하시는 것을 권고드립니다※

특히, 비타민D는 여러 영양제에
배합된 경우가 많아서

나도 모르게 과량 복용하게 될 수도 있으니,
꼭 총량을 계산해 보세요.

비타민D가 과다해지면
칼슘 과잉으로 인한 부작용이 생길 수도 있거든요.

동맥경화, 결석...
('칼슘제'편 참고!)

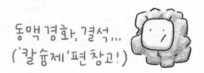

5장

여성들만 아는

생리통이 심해요
- 생리통을 위한 진통제

매달 찾아오는 고통..

진통제 효과는 개인차가 있기 때문에
자신에게 가장 잘 맞는 성분을
알아 두는 것이 좋아요.

진통제
- 아세트아미노펜
- 이부프로펜
  덱시부프로펜
  나프록센
  ⋮
  (엔세이드)

다만, 생리통에는 엔세이드가 (우선적으로) 추천됩니다.

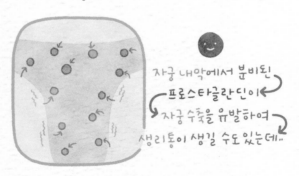

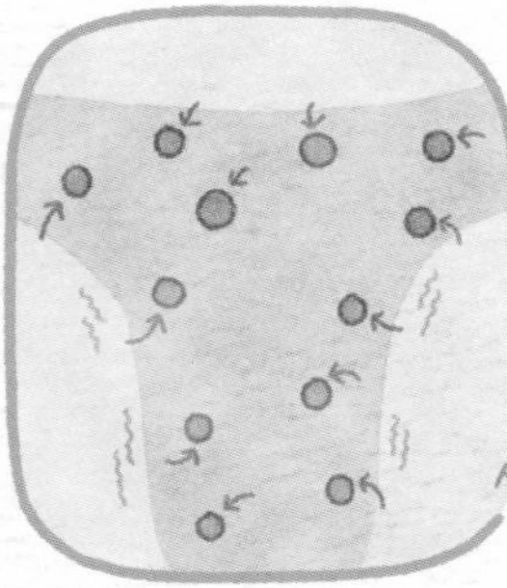

자궁 내막에서 분비된
프로스타글란딘이
자궁 수축을 유발하여
생리통이 생길 수도 있는데..

엔세이드가 프로스타글란딘 생성을
차단하기 때문입니다.

그래서 엔세이드는 생리통이 발생하기 전에
미리 복용을 시작하면
더욱 효과적입니다.
(프로스타글란딘
분비를 미리 차단!)
202X년 X월
SUN
하지만,
만약, 평소 속 쓰림이 잦고
위장이 약하다면?
이럴 땐,
아세트아미노펜을
추천 드려요.
*엔세이드는 위장 장애 부작용이 있어
식후에 복용해야 합니다.

이렇게 경련성 통증이 심한 분들에게는

* 진통제와 진경제는 동시에 복용 가능합니다.
* 단, 복합 제제(진경제 + 진통제)가 아닌지 먼저 확인하세요.

저는
배도 아프지만
몸도 붓는 것 같고,
아랫배 팽만감도
불편해요.

이런 분들에게는
'파마브롬'이라는
이뇨제 성분이 들어 있는
약을 추천드려요.

진통제 + 파마브롬

ex) 이부프렌드, 탁센이브,
이지엔6이브, 펜잘레이디 등.

위 정보는 기저 질환이 없는 상태에서 발생하는 1차성 생리통(원발성 생리통)에 대한 내용입니다. 자궁 근종, 자궁 선근증 및 자궁 내막증 등의 골반 내 병변으로 인해 발생하는 2차성 생리통(속발성 생리통)에는 진통제의 효과가 제한적일 뿐 아니라, 단순 생리통으로 여기고 방치하면 증상이 악화될 위험이 있습니다. 통증이 진통제로 조절되지 않거나 생리가 끝난 후에도 지속되는 경우, 혹은 생리량 과다 등의 생리 이상 증상이 나타날 경우에는 산부인과 진료를 권고드립니다.

피임약 주세요
- 경구 피임약 고르기

여자라면 한 번쯤은
피임약 복용을 고민하게 됩니다.

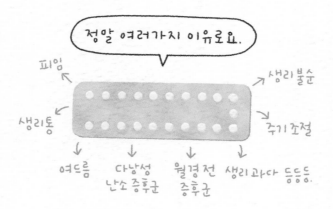

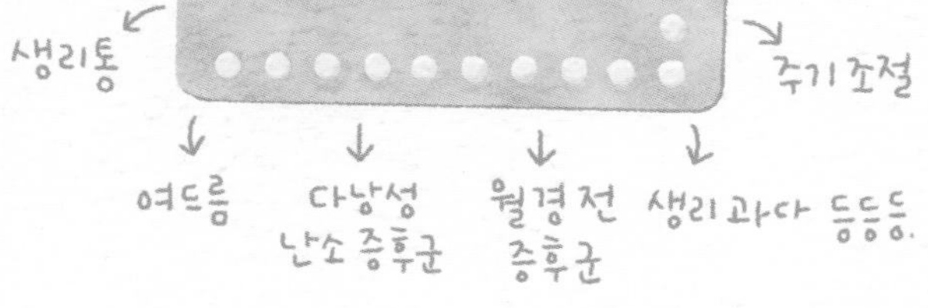

국내 경구 피임약은 대부분 두 성분의 복합제인데

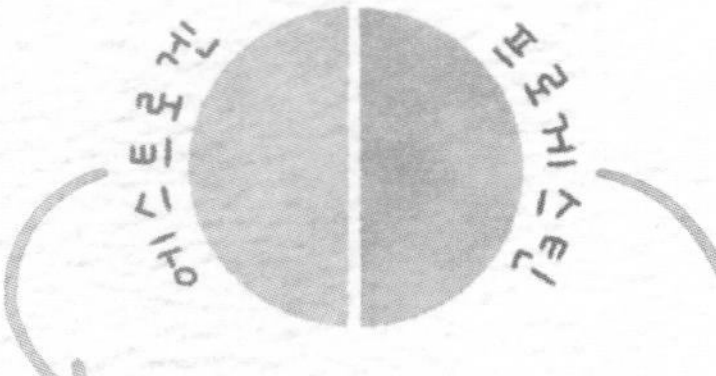

약마다 에스트로겐의
함량이 다르고,

프로게스틴의 종류에 따라
약의 세대가 나뉩니다.
(2~4세대)

이렇게 생각하기 쉽지만,
그렇지 않아요.

	에스트라디올 함량(mg)			
		0.015	0.02	0.03
2세대	레보노르게스트렐		굿포미, 에이리스, 라니아, 센스가드, 다온, 센스데이큐, 쎄스콘노아	미니보라30 애니브
3세대	게스토덴	디어미순	디어미, 센스리베, 멜리안	마이보라 미뉴렛
3세대	데소게스트렐		센스데이, 바라온, 보니타, 머시론, 쎄스콘미니, 릴리애	
4세대	4세대	야스민, 야즈, 클래라 등. * 의사의 처방이 필요한 전문의약품입니다.		

프로게스틴 단독제제 (데소게스트렐 0.075mg)	순아리정, 순하나정 센스가드이브정, 포머렐정

〈경구피임약 제품 예〉

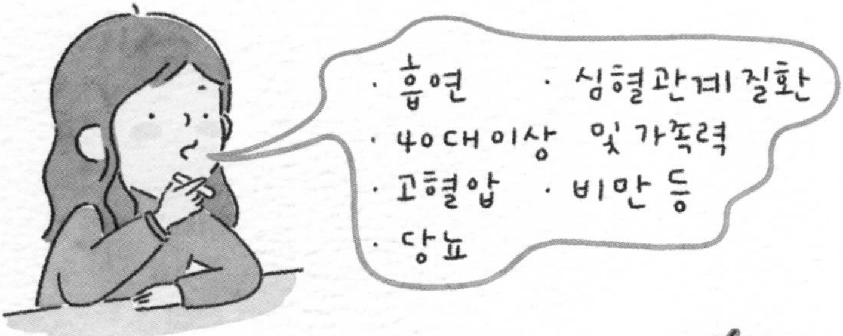
· 흡연 · 심혈관계 질환
· 40대 이상 및 가족력
· 고혈압 · 비만 등
· 당뇨

이런 위험 요인 중
하나라도 해당된다면,
프로게스틴 단독제제 혹은
2세대 피임약을 추천하지만...

경구 피임약을 복용하면 안 되는 경우도 있으니,
복용 전 꼭! 전문가와 상의하세요!

여드름이 심해요
피임약을 먹으면 자꾸
뾰루지가 올라와요.
털도 나는 것 같고...

⇒ 이런 분들은 2세대 피임약은 피하세요!

* 위 부작용들은 비교적 흔하며, 피임약을 2-3 사이클 지속해서 복용하면 사라지는 경우가 많습니다.

또 그날이 오시나...
월경 전 증후군
중증의 여드름
생리량 과다
이런 증상들이 있다면,
4세대 피임약이
도움이 될수도 있어요.
전문의 진료를 권해드립니다.

피임약을 깜박했어요
-상황별 피임약 복용법

경구 피임약의 약효 발현을 위해
가장 중요한 것은

매일 · 같은 시간에 · 한 알씩
잊지 않고 복용하는 것!

생리를
미루고 싶어요.

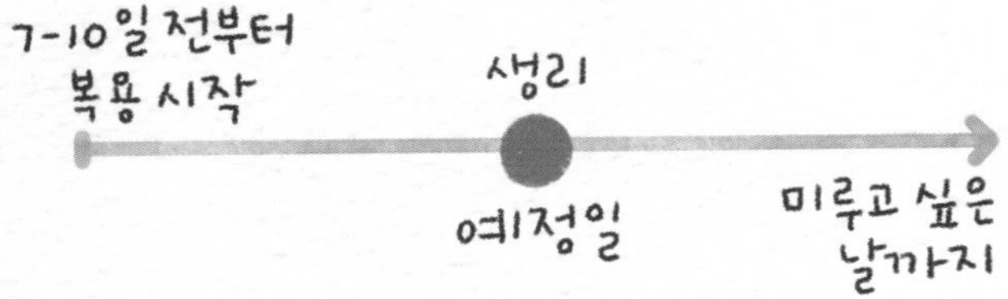
7-10일 전부터
복용 시작
생리
예정일
미루고 싶은
날까지

(생리 주기가 불규칙하다면 최소 10일 전부터 복용하세요.)

※ 주의
위 복용법을 따르는 경우,
피임 효과는 기대할 수
없습니다.

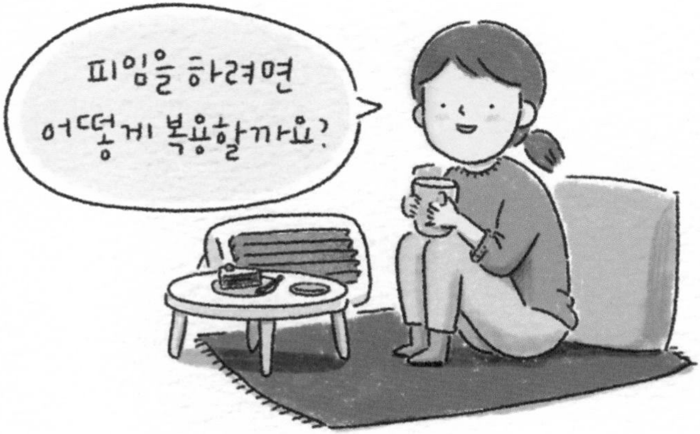
피임을 하려면
어떻게 복용할까요?

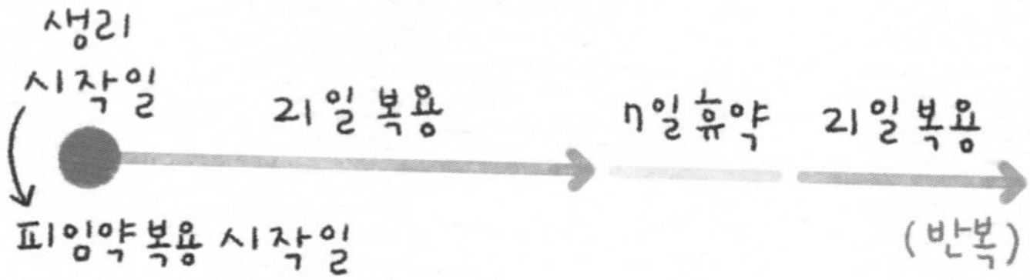
생리 시작일
21일 복용
7일 휴약
21일 복용
피임약 복용 시작일
(반복)

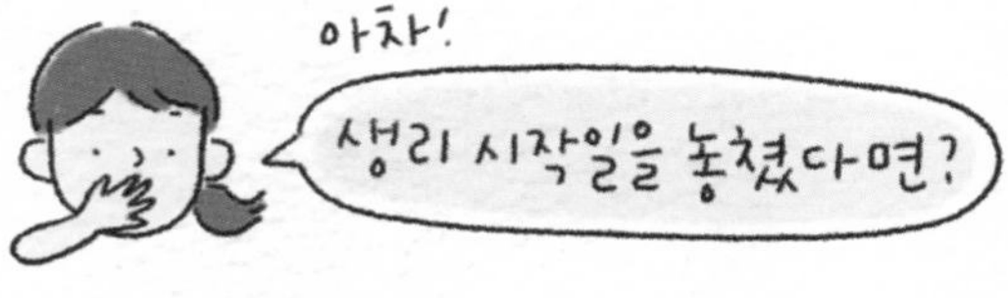
아차!
생리 시작일을 놓쳤다면?

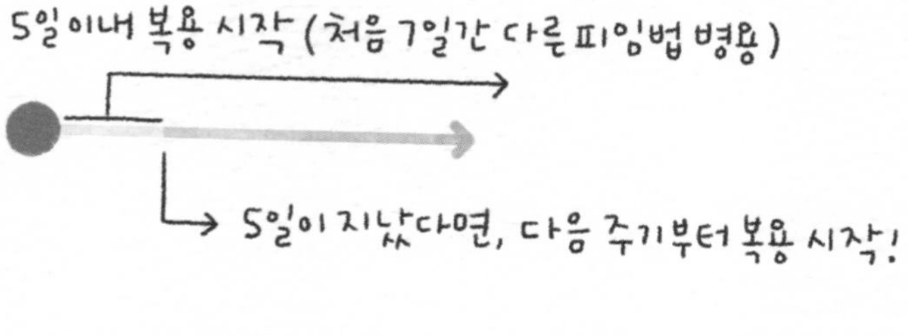
5일 이내 복용 시작 (처음 7일간 다른 피임법 병용)
5일이 지났다면, 다음 주기부터 복용 시작!

으엇!
약 먹는걸 잊어버렸으면 어쩌죠?!
Chip
생각난 즉시 한 알 복용!
잊어버린 복용 시점
기준은 12시간
피임 효과 감소!
다음 복용 시점
1. 복용 1-2주차일 경우
7일간 + 다른 피임법 병용!
생각난 즉시 한 알 복용!
(다음 시점과 겹칠 경우 한 번에 2알 복용 가능)
*피임 효과 유지를 위한 가장 보수적인 방법입니다.

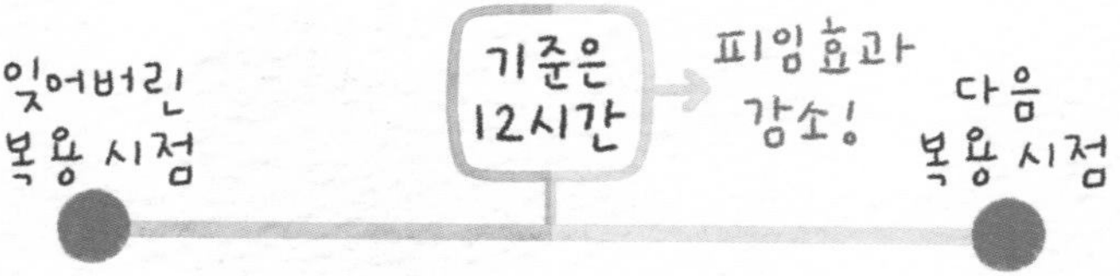

2. 복용 3주차일 경우

생각난 즉시 한 알 복용! (다음 시점과 겹칠 경우 한 번에 2알 복용 가능) + 7일간 다른 피임법 병용! → 휴약기 없이 다음 포장(21일) 복용을 시작!

*피임 효과 유지를 위한 가장 보수적인 방법입니다.

현재 포장 복용을 중단하고

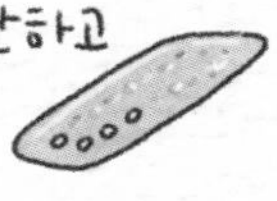

→ 7일 휴약기를 가진 후 → 다음 포장 (21일) 복용 시작

*이전 7일간 약을 매일 복용했을 경우에만 가능

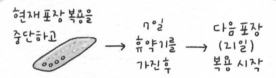

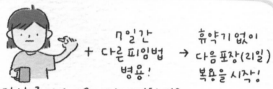

*두 알 이상 연달아 복용을 잊은 경우, 상황에 따라 응급 피임약이 필요할 수 있으므로 전문가와의 상담을 권고드립니다.

다른 피임약으로
변경하고 싶을 때는
어떻게 복용하면
될까요?

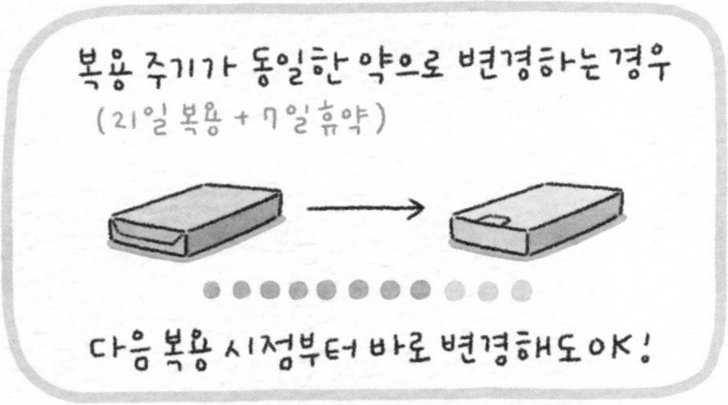
복용 주기가 동일한 약으로 변경하는 경우
(21일 복용 + 7일 휴약)
다음 복용 시점부터 바로 변경해도 OK!

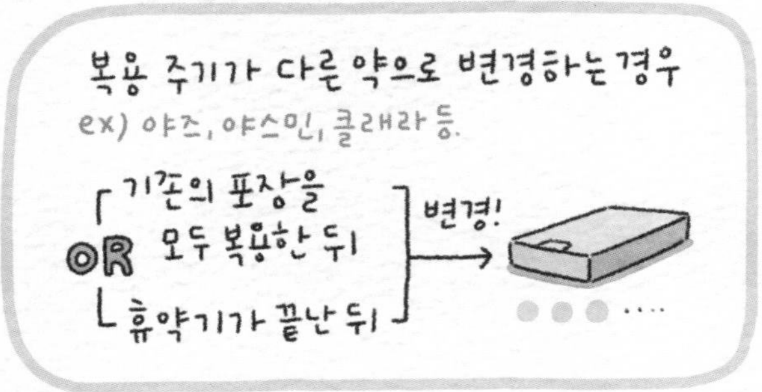
복용 주기가 다른 약으로 변경하는 경우
ex) 야즈, 야스민, 클래라 등.
기존의 포장을
모두 복용한 뒤
OR
휴약기가 끝난 뒤
변경!

피임약 복용 시 주의사항

주의할 정도
알려 주세요!

어린 학생도 중년 여성도
한 번이든 일년내내든
피임약의 영향에서 벗어나기 힘드니까요.

경구피임약의
(매우 드물지만)
가장 치명적인 부작용은
혈전증!
피떡

만 35세 이상의
흡연자분들!
저요!
경구 피임약 말고 다른 피임법을
사용하셔야 해요.
(금연하시면 더 좋겠지만…)

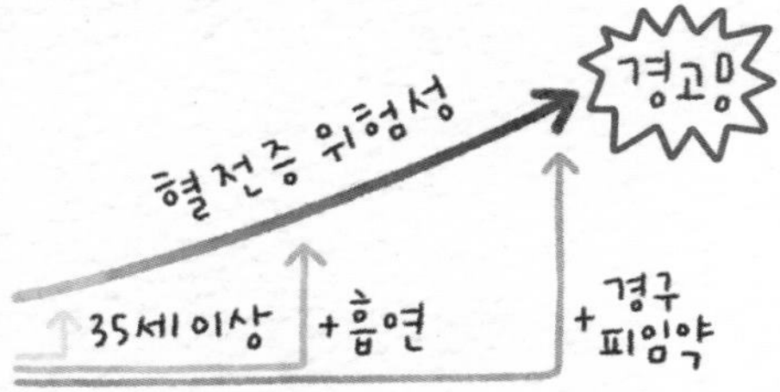
경고!!
혈전증 위험성
35세 이상
+흡연
+경구
피임약

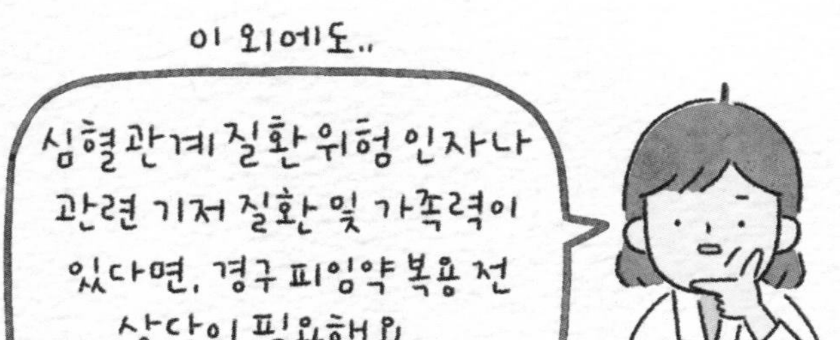
이 외에도..
심혈관계 질환 위험 인자나
관련 기저 질환 및 가족력이
있다면, 경구 피임약 복용 전
상담이 필요해요.
(흡연, 고혈압, 비만, 당뇨….)

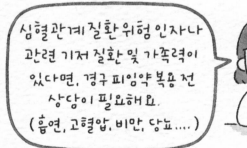

안전한 피임약 복용을 위해,

기저 질환이나 기존에 복용 중인 약이 있다면
피임약 복용 전 꼭 상의해 주세요.

피임약이랑 같이 먹어도 되나요?
일부 항생제, 항진균제, 항바이러스제, 항경련제 등은 피임약의 효과를 떨어뜨릴 수 있어요!

피임약 복용 중 아래 증상들이 나타나면
바-로 응급실로 가세요!

다리 부종,
저림,
통증,
열,
변색..
발끝을 당겼을 때
종아리가 매우 아픈 증상
가슴 통증,
호흡 곤란... 등

피임약은 우리 몸에서 몇몇 영양소를
결핍시킬 수도 있어요.

피임약을 장기간 복용하는 중에

다이어트식이를
하신다거나

피로, 불면, 우울감 등에
시달린다면

→ 영양제(마그네슘, 비타민B군, 아연 등)
복용을 추천드립니다.

피임약은 우리 몸의
카페인 대사 속도를 늦춥니다.

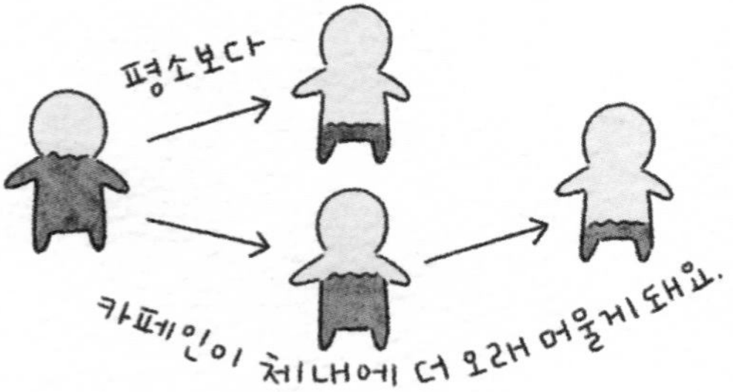
평소보다
카페인이 체내에 더 오래 머물게 돼요.

평소 카페인에
민감하신 분들은
주의하세요!

여성들만 앓는 감기
- 질염 일반 의약품

여성들만 앓는 감기, 질염!

질염이 꼭 위생 문제나 성관계 때문에
발생하는 건 아니에요.

1. 세균성 질염

세균성 질염은 질 내 상주하는
세균들 사이의 균형이 깨지면서 나타납니다.

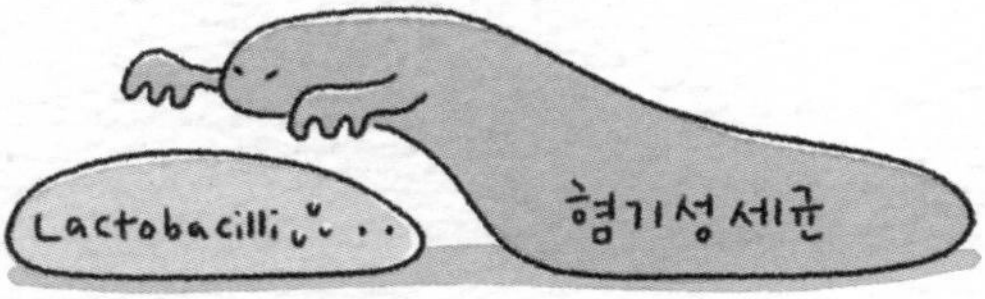

질을 산성으로
유지해 주는
유산균이 줄고

혐기성균이
대폭!
늘어나서

→ 질 내 산성 환경이 깨집니다.

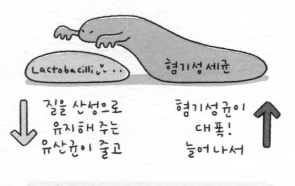

항균제로 치료하더라도..

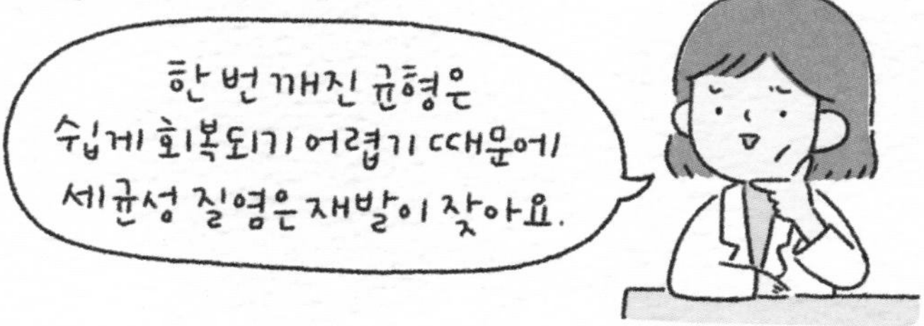
한 번 깨진 균형은
수십게 회복되기 어렵기 때문에
세균성 질염은 재발이 잦아요.

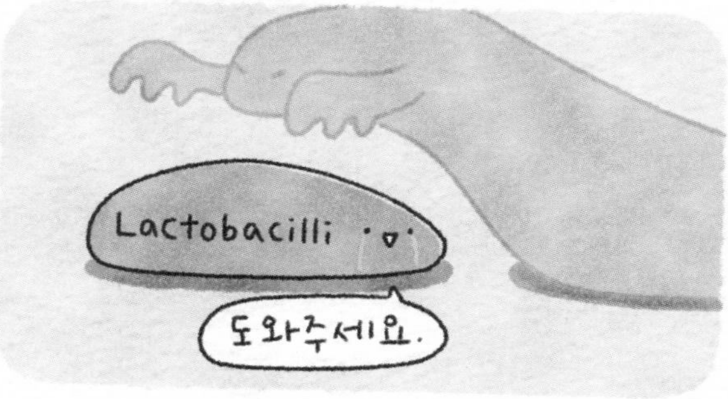
Lactobacilli
도와주세요.

그래서 세균성 질염에는
유산균 복용이 도움이 될 수 있습니다.

* 식품의약품안전처에서 '질 건강 기능성' 인정을 받은
개별 인정형 원료 : UREX 프로바이오틱스
Respecta 프로바이오틱스

2. 곰팡이균에 의한 질염
- 칸디다질염

(으깬 두부나 치즈같은)
하얀 덩어리 분비물
가려워요!
통증도 있구요.

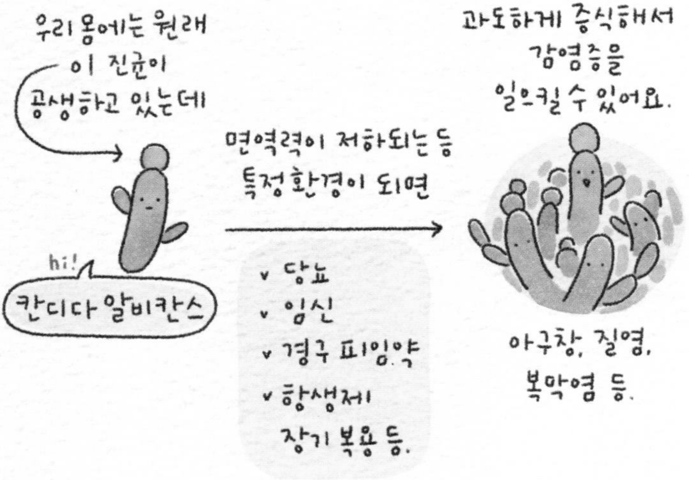
우리 몸에는 원래 이 진균이 공생하고 있는데
hi!
칸디다 알비칸스
면역력이 저하되는 등 특정환경이 되면
v 당뇨
v 임신
v 경구 피임약
v 항생제 장기 복용 등.
과도하게 증식해서 감염증을 일으킬 수 있어요.
아구창, 질염, 복막염 등.

칸디다질염에 사용 가능한
일반의약품

- 카네스텐 질정 등.
  ('클로트리마졸' 성분의 질정)
- 지노베타딘 질좌제

만약 질 바깥쪽까지 감염되면
외음부에 발적이 생기고
가려울 수 있어요.

→ 이럴 땐,
'클로트리마졸' 외용제를 바르면
도움이 됩니다.

ex) 카네스텐 크림, 엘린플러스 크림 등.

✚ 칸디다균은 당분이 높은 곳에서 잘 증식합니다.

당분 섭취를 줄이는 것도 도움이 될 수 있어요.

3. 기생충으로 인한 질염
- 질편모충염(트리코모나스 질염)

이렇게 심한 증상이 나타날 때는
꼭 병원으로 가셔야 합니다.

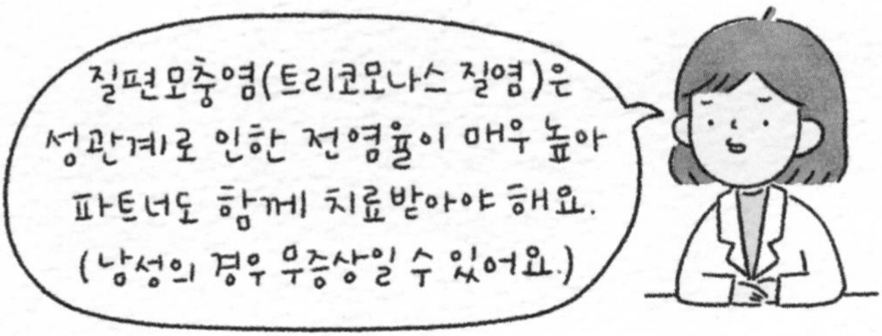

질정 사용 후에는
20-30분 동안 누워서
약액이 충분히 녹아
퍼질 수 있게 해 주세요.

* 취침 전에 사용하시면 좋아요.

더 깨끗해져야
하나 봐...

NO! 비누로 질을
씻어 내지 마세요.
산성 환경이
깨집니다.

어휴...
또냐...

재발이 잦다면,
병원을 방문해 주세요.

* 먹는 약을 처방 받았다면,
복용 기간 동안 꼭!
금주해야 합니다.

알고 먹자,

철분제

철분제는 크게 두 종류로 나눌 수 있어요.

헴철과 비헴철

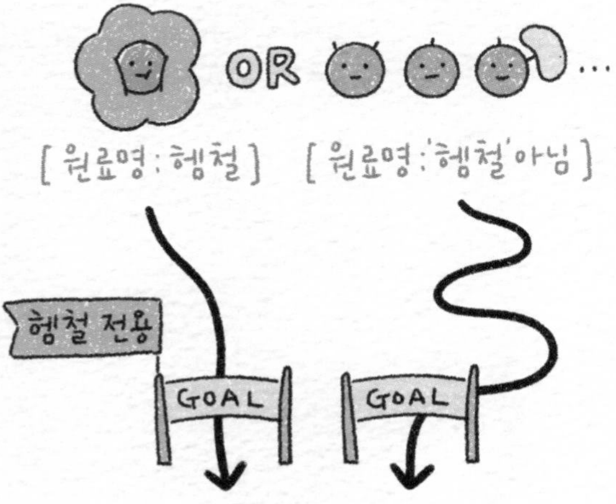

헴철과 비헴철은 체내에서
흡수되는 경로가 다르기 때문에
나타나는 특성도 다릅니다.

비헴철의 흡수에는 여러 요인들이 관여합니다.

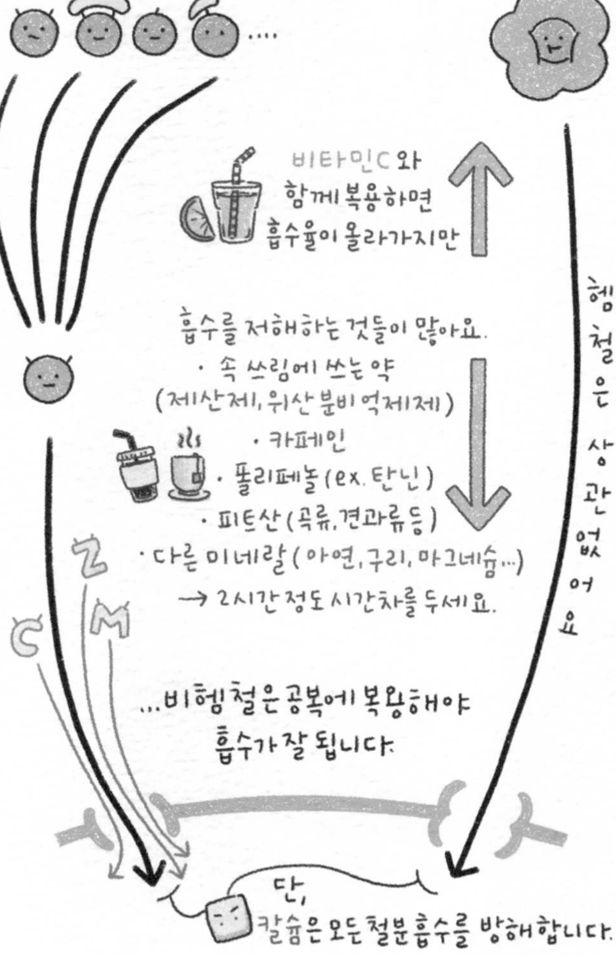
비타민C와
함께 복용하면
흡수율이 올라가지만
흡수를 저해하는 것들이 많아요.
· 속 쓰림에 쓰는 약
(제산제, 위산 분비 억제제)
· 카페인
· 폴리페놀(ex. 탄닌)
· 피트산(곡류, 견과류 등)
· 다른 미네랄(아연, 구리, 마그네슘…)
→ 2시간 정도 시간차를 두세요.
헴철은 상관없어요
Z
C
M
…비헴철은 공복에 복용해야
흡수가 잘 됩니다.
단,
칼슘은 모든 철분 흡수를 방해합니다.

헴철은 체내 저장되어 있는 철분의 양에 따라
필요한만큼 흡수되고,

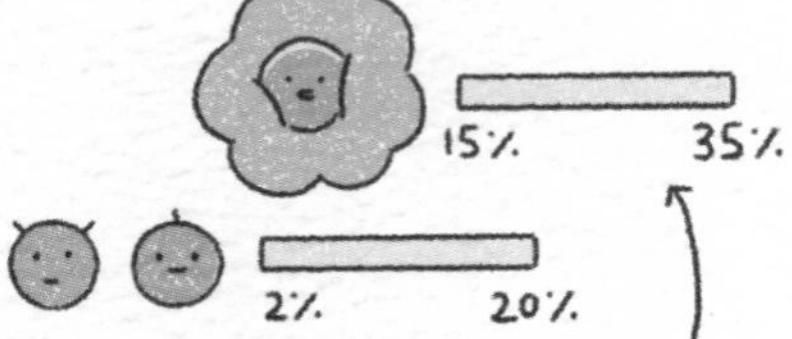

비헴철보다 흡수율이 높습니다.

그리고 철분제의 부작용이 거의 나타나지 않아요.

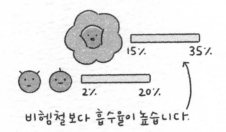

아니, 아니, 그건 아니에요...

(알약)

비헴철은 함량을 높일 수 있어서
확실한 철분 보충이 필요할 때
복용할 수 있지만,
예) 헤모글로빈 수치를 높여야 할 때

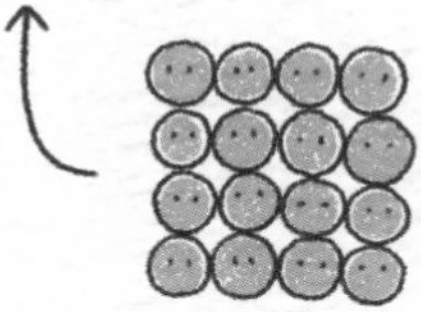

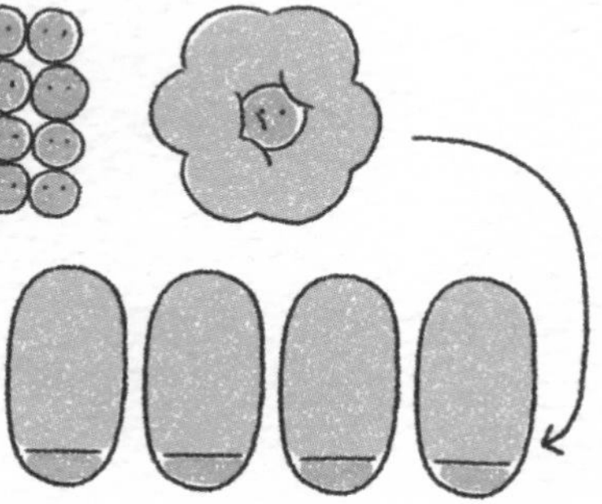

헴철은
함량이 낮아서...
예방적 영양 보충이 목적일 때 추천됩니다.

- 생리량이 많은 분
- 채식 위주의 식단하시는 분
  (참고: 헴철은 동물성 식품에만
  들어 있습니다.)
- 변비 때문에 다른 철분제 복용이 어려운 분 등.

그리고... 헴철은

가격이
비싼 편이에요

무엇보다 비헴철은 종류가 정말 다양해서
성분마다 특성이 조금씩 차이가 나고.

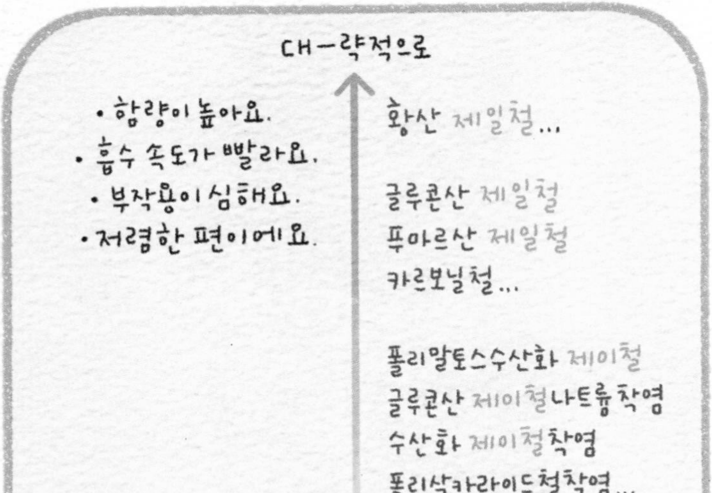
대략적으로
• 함량이 높아요.
• 흡수 속도가 빨라요.
• 부작용이 심해요.
• 저렴한 편이에요.
황산 제일철...
글루콘산 제일철
푸마르산 제일철
카르보닐철...
폴리말토스수산화 제이철
글루콘산 제이철나트륨착염
수산화 제이철착염
폴리삭카라이드철착염...
철 아세틸트랜스페린
철만니톨단백
호박산단백철...
• 함량이 낮아요.
• 부작용이 적어요.
• 비싼 편이에요.
철단백추출물
(페리친성철)

철분제에 대한 반응 또한
개인차가 크기 때문에

철분제는 전문가와의 상담을 통해
각자에게 맞는 약을 고르는 걸 추천드려요.

먹어 봤던 약은…
변비가…
가격은 이 정도…
빈혈은…
함량은 어느 정도…

6장

이럴 땐, 어떤 약을 써야 하나요?

잠이 안 와요
- 수면 유도제

가끔씩,
유독 잠에 들지 못하는 날이 있어요.

충분히
몸은 피로하고,
팟!
주위는
어둡고,
핸드폰도 끄고
누웠는데도...
일시적인 불면증상에는
약국에서 파는
수면 유도제가
도움이될 수 있어요.

감기약이나 알러지 약을 먹고
잠이 쏟아졌던 경험이 있으신가요?

바로 이 항히스타민제의 부작용을 약효로 활용한 것이 약국에서 살 수 있는 수면 유도제입니다.

수면 유도제에는 두 가지 성분이 있어요.

독시라민 25mg	디펜히드라민 25mg / 50mg
ex) 아론정, 아졸정 등	ex) 슬리펠정, 단자민정 등.

수면 유도제는 잠드는 데 걸리는 시간을 단축시킵니다.

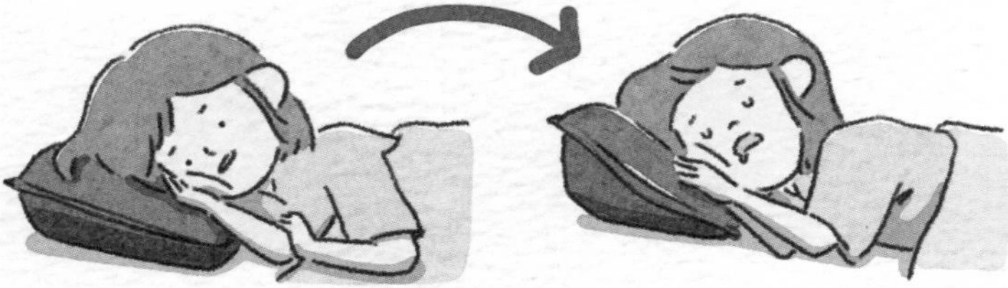

만약 약을 먹은 다음날 아침까지
몽롱하고 머리가 무겁다면,

⇒ 용량을 반으로 줄이거나

⇒ 독시라민을 드셨다면
디펜히드라민으로 바꿔 보세요.

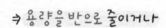

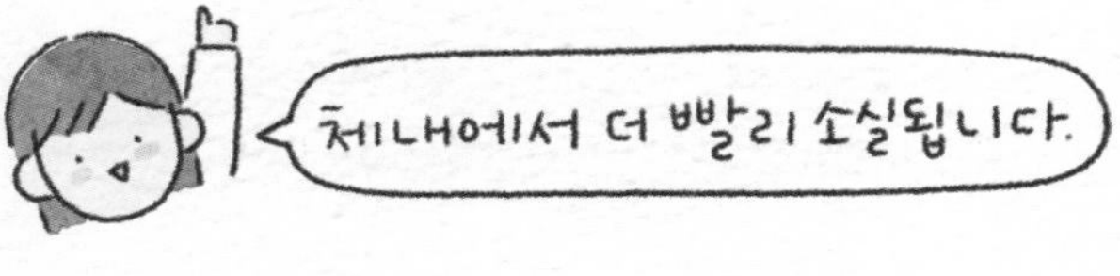
체내에서 더 빨리 소실됩니다.

※ 주의

수면 유도제를 복용하면
코나 입이 바싹 마를 수 있어요.

약국의 수면 유도제는
2주 이내의 단기적인 사용을 위한 약입니다.

* 항히스타민제는 신체적 중독의 우려는 없지만,
장기간 복용 시 내성이 생길 수 있으므로
필요할 때만 간헐적으로 복용하시기를 권고드립니다.

생약 성분의 약도 있습니다.

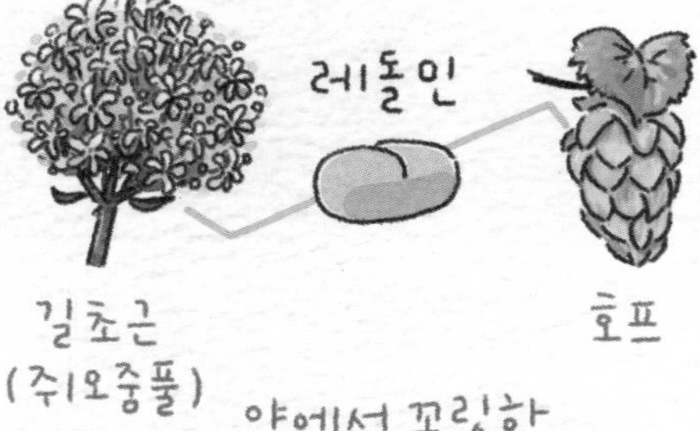

약에서 꼬릿한 냄새가 나요!

6세 이상 소아도 복용 가능한 비교적 안전한 약이지만

2-4주 이상 꾸준히 복용해야 수면 리듬 개선 효과를 기대할 수 있습니다.

* 수면 1시간 전 복용!

그래서 급성 불면증보다는...

오랜 여행이나
야간근무 등의 이유로
수면 리듬 개선이
필요하거나

아…
또…

밤새 자주 깨거나,
너무 일찍 일어나
잠들지 못하는 등
수면의 질에 문제가 있을 때...

... 이럴 때 도움이 될 수 있습니다.

약국의 수면 유도제는 전문 의약품만큼 강력하지는 않아요.
수면 습관 및 수면 환경 개선은 필수!

핸드폰부터
내려놓지 못하면
효과가 없을지도
몰라요.

눈이 건조해요
- 인공 눈물 고르기

잠들기 전까지

우리 눈은 쉴 틈이 없어요.

눈물은 3개의 층으로 나뉘고,

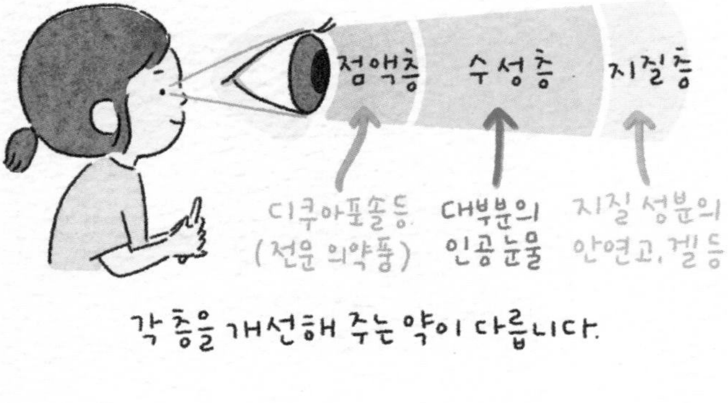

각 층을 개선해 주는 약이 다릅니다.

제일 좋은 인공눈물 좀 추천해 주세요.
인공 눈물의 주요 보습 성분은 아-주 다양한데
약 패키지에서 확인할 수 있어요.
일반 의약품 정보
[유효 성분]
카르복시메틸.....
[원료 약품의 분량]
주성분: 히알루론…
결론부터 말하자면,
(연구마다 다르지만)
안구 건조 증상 완화에 의미 있는 효과 차이가 밝혀지지는 않았습니다.
* 사용감은 개인차가 있을 수 있으니 잘 맞는 성분을 기억해 두세요.

대략 아래와 같은
상대적인 특성은 있습니다.

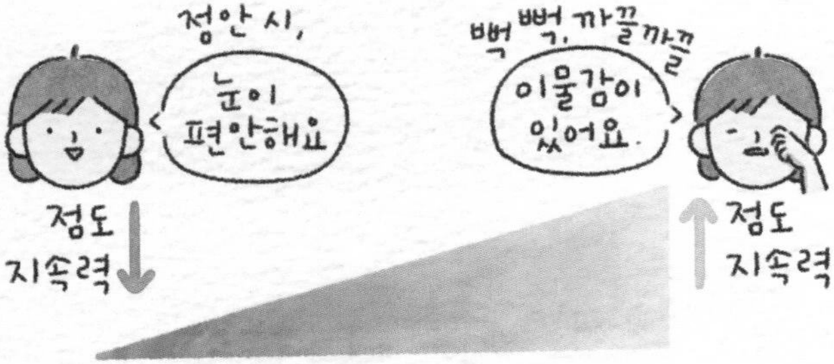

· 히프로멜로오스
+ 덱스트란

· 포비돈

· 히알루론산
(전문 의약품)

· 카르복시메틸
셀룰로오스

+ 비교적 최근에 출시된 '트레할로스' 성분도 있어요.

위 성분들이
눈에 바르는 '로션'이라면..

점성을 가지고,
수분이 날아가지 않게
잡아둡니다.

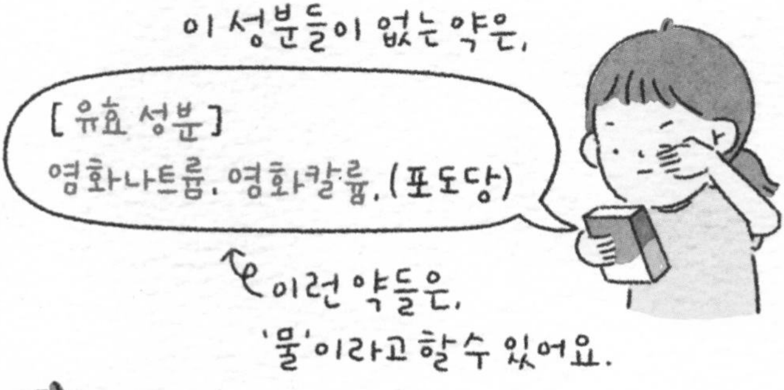
이 성분들이 없는 약은,
[유효 성분]
염화나트륨, 염화칼륨, (포도당)
이런 약들은,
'물'이라고 할수 있어요.

수분은 채워 주지만,
눈물을 오래 유지시키는 역할은
하지 못합니다.

만약,
인공 눈물 점안액의 효과가
부족하거나

아침에 일어난 후
통증이 유독 심하다면,

눈물의 지질층을 보충해 주는 인공 눈물을 사용해 보세요.

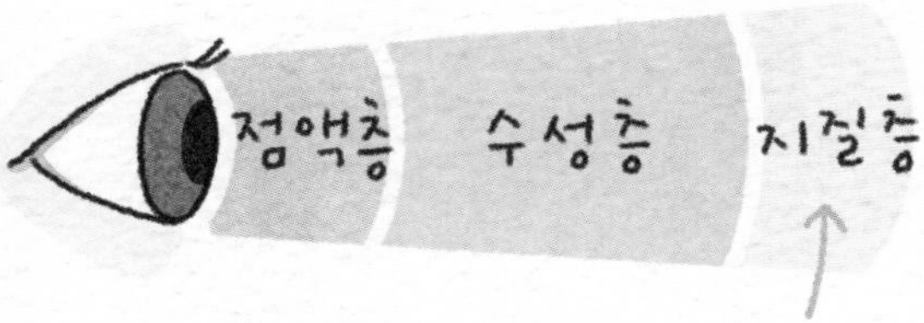

눈물이 안구 표면에 고루 퍼지고,
증발되지 않게 해 줍니다.

ex) 듀라티얼즈안연고, 리포직점안겔 등.

이 약들은 약효 지속 시간이
점안액에 비해 길어요.

그런데 점성이 높아서
점안 시 눈앞이 흐려질 수 있어요.

그래서 취침 전에
점안하시면 좋습니다.
(리포직점안겔은 취침 30분 전까지
점안해 주세요.)

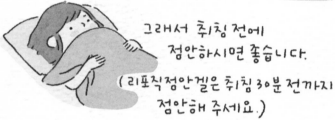

렌즈 착용이나 영양 부족으로 인한 각막의 미세 손상에
도움이 되는 안약도 있어요.

각막 상피 세포의 재생을 촉진하는 성분
폴리데옥시리보뉴클레오티드(PDRN)
ex) 리안점안액 등.
* 하루에 2-4회, 2-3 방울씩 점안하세요.

인공 눈물 점안액에 비해 고가인데,
보습력 자체가 더 뛰어나지는 않습니다.

점안제의 청량감을 좋아하시는 분들은
아, 이 맛이지!!!

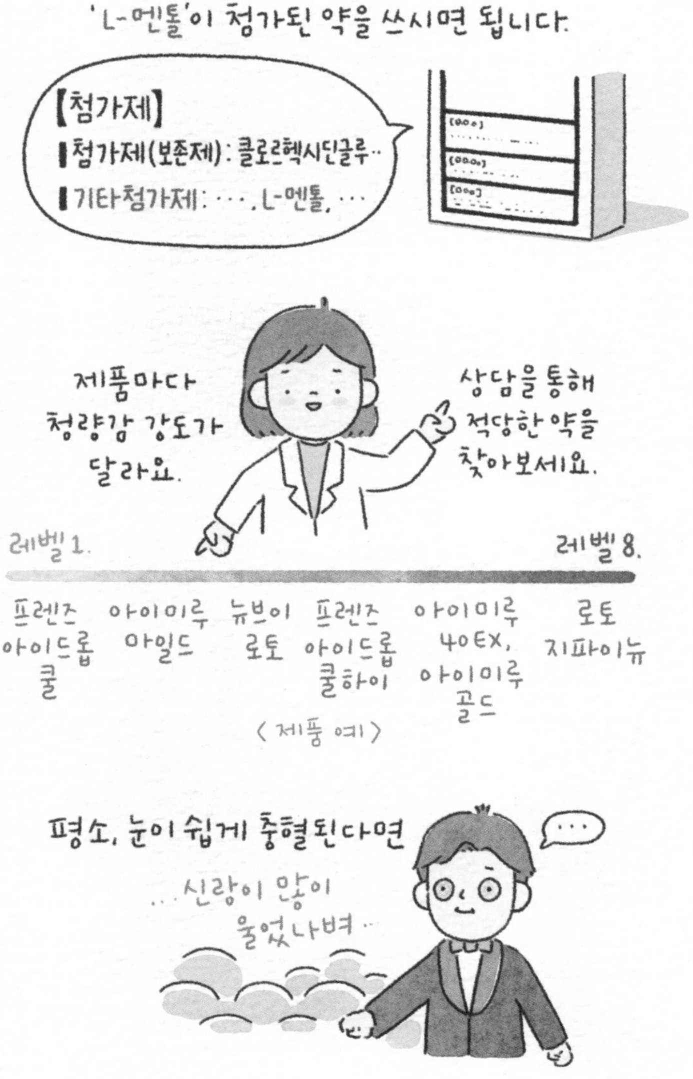
'L-멘톨'이 첨가된 약을 쓰시면 됩니다.
【첨가제】
▌첨가제(보존제): 클로르헥시딘글루··
▌기타첨가제: ···, L-멘톨, ···
제품마다 청량감 강도가 달라요.
상담을 통해 적당한 약을 찾아보세요.
레벨 1.
레벨 8.
프렌즈 아이드롭 쿨
아이미루 마일드
뉴브이 로토
프렌즈 아이드롭 쿨하이
아이미루 40EX, 아이미루 골드
로토 지파이뉴
〈제품 예〉
평소, 눈이 쉽게 충혈된다면
···
...신랑이 많이 울었나벼...

간혹 충혈 제거제가 든 안약이 필요할 수 있죠.

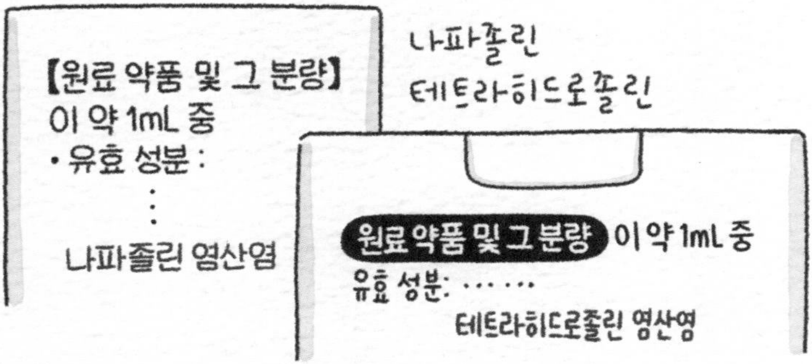

이 안약들은 절대 장기간 사용해서는 안 돼요.

* '비타민 안약'에 충혈 제거제가 들어 있을 수 있으니 확인 및 주의가 필요합니다.

눈이 건조해요
- 올바른 인공 눈물 사용법

깨끗이 씻은 손을
준비한다.
고개를
뒤로
젖힌다
아랫눈꺼풀을 당겨
결막낭을 확보한다.
팁끝이
아무 데도
닿지 않도록
'1-2 방울'
점안!
약액이
퍼지도록
(1분여) 잠시 눈을 감고
기다린다.

일회용 안약은
1회 사용후 즉시,
다회용 안약은
개봉후 1개월이 되면
미련없이 버려 주세요.
그리고
개봉후
첫 한두 방울은
버린후 사용하세요.
개봉될 때 생긴
미세 플라스틱이
묻어 나올수 있습니다.

인공 눈물 사용 시 '보존제'를 주의하세요.

평소
렌즈를 착용한다.
YES
NO
하루에 5회 이상
점안한다
YES
NO
일회용기에 든
인공 눈물
추천!
보존제가
없어요!
다회용기 인공 눈물도 OK
더 경제적!
【원료 약품 및 그 분량】
이 약 1mL 중
• 첨가제(보존제):
벤잘코늄염화물
【첨가제】
I 첨가제(보존제):
클로르헥시딘글루콘산염액

특히, '벤잘코늄'은 소프트 렌즈에 흡착, 축적되어
각막 손상, 렌즈 변색 등을 유발할 수 있습니다.

간혹, 이런 분들도 계시죠..

안 사요
인공눈물 써 버릇하면 눈이 눈물을 스스로 못 만든대요.
처방 받으셨는데…

이것은 마치, 이런 얘기와 같아요.

피부가 너무 건조하지만, 절대 로션은 바르지 않겠어!
내 피부는 소중하니까!
?!

인공 눈물을 사용한다고
눈물 생성 능력이
떨어지는 것은 아닙니다.

오히려
인공 눈물이 꼭 필요할 때 사용을 피하면..

악순환이 지속될 수 있어요.

물론, 반대로
인공 눈물을 지나치게
자주 사용하면...

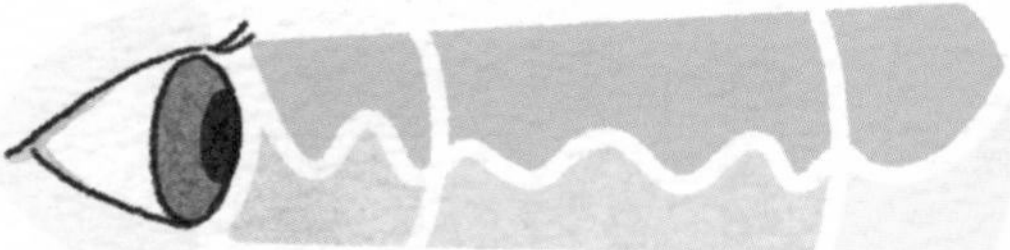

점액층, 지질층, 면역 성분 등이 씻겨 나가,
증상이 악화될 수도 있다고 해요.

보존제 없이
보습 성분만 들어 있는
일회용 인공 눈물은
정해진 사용 횟수가
없긴 하지만...

만약,

인공 눈물을 달고 살아야 한다면,
전문의의 진료가 필요하다는 신호!

정확한 원인을 찾아야 합니다.

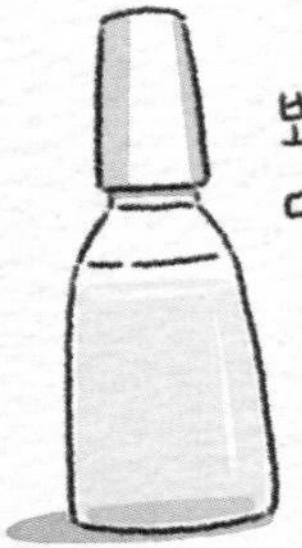

보존제가 들어 있는
다회용 인공 눈물이나

충혈 제거제, 비타민 등이
함유된 안약은

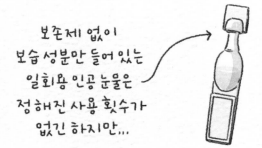

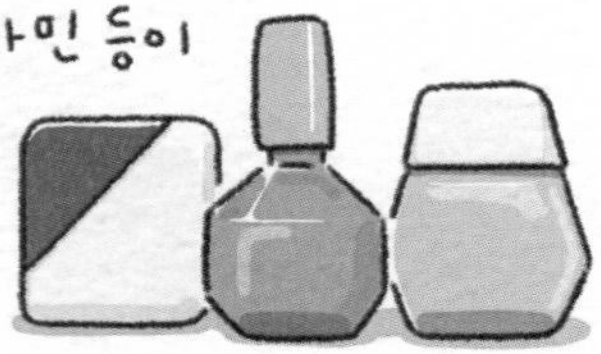

최소 4시간 간격으로 하루에 4회(최대 6회)만
사용하는 것이 좋습니다.

눈물 지방층의 문제로 생기는
증발성 안구 건조증에는...
전체 안구 건조증의 80% 이상이래요!
오메가3 와 온찜질도 도움이 될수 있으니 참고하세요!

머리가 빠져요
- 탈모 약 전문 의약품

탈모에 좋다는건 많지만...

현재 국내 식약처에서
'탈모 치료제'로 승인받은 약물은 4가지 뿐입니다.

먹는 약 (전문 의약품)	바르는 약 (일반 의약품)
피나스테리드 1mg	미녹시딜
두타스테리드 0.5mg	알파트라디올

(특히, 남성에게)
가장 흔한 탈모는
안드로겐성 탈모!

?!

머리카락이
가늘어지면서
서서히 숱이 없어지고

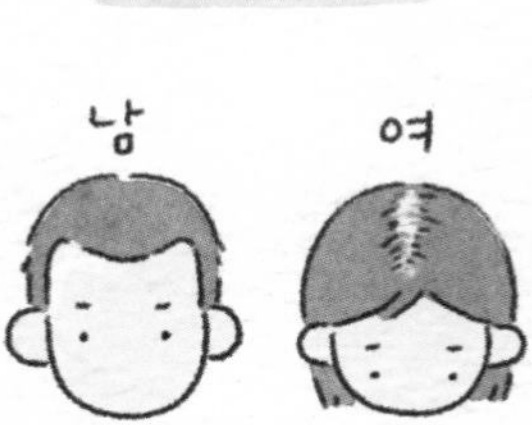
남
여

성별에 따라
특이한 패턴이
나타나요.

안드로겐성 탈모의 주범은 DHT인데,

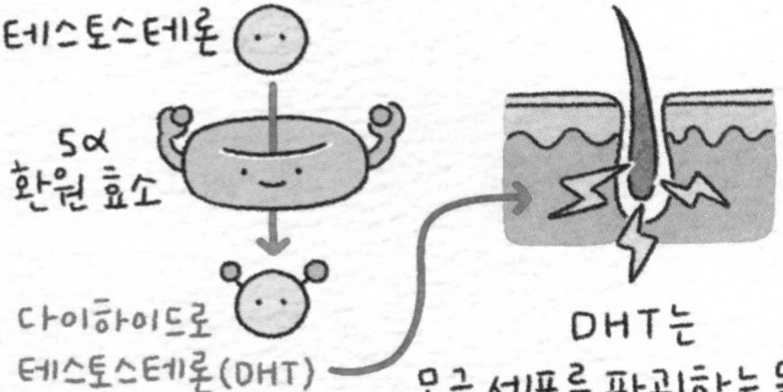

DHT는
모근 세포를 파괴하는 물질을
분비시킵니다.

전문 의약품은 DHT 생성을 효과적으로 억제합니다.

두타스테리드가 더 넓은 범위의 효소에 작용하지만..

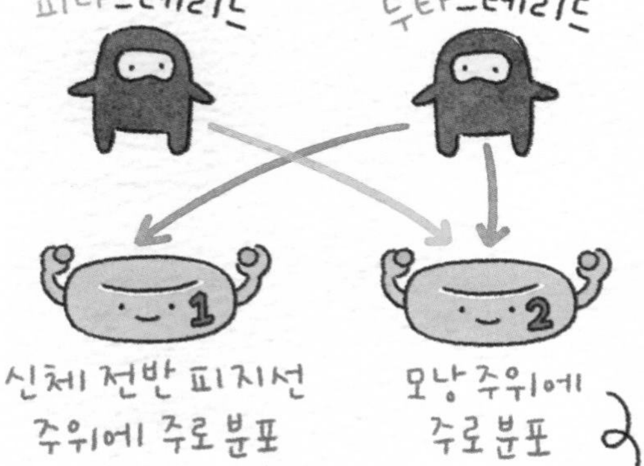

탈모에 주로 관여하는 것은 2형 효소이므로
두타스테리드가 꼭 더 좋다고 하기는 어려워요.

* 전문의와 상담 후 처방 받으세요.

두 약 모두,

효과를 보려면 최소 3개월 이상
꾸준히 복용해야 하고

복용을 중단하면
1년 이내
치료 효과가 사라집니다…

두 약은 반감기가 많이 달라요.
(약물의 체내농도가 1/2로 감소되는 데 걸리는 시간)

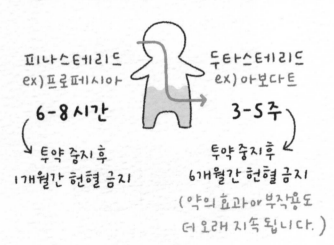

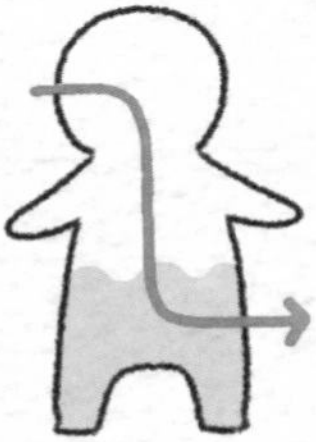

피나스테리드
ex) 프로페시아
6-8시간
투약 중지 후
1개월간 헌혈 금지

두타스테리드
ex) 아보다트
3-5주
투약 중지 후
6개월간 헌혈 금지
(약의 효과 or 부작용도
더 오래 지속됩니다.)

※ 주의
(가임기) 여성분들은 약을 건드리지 마세요!

피부를 통해 흡수될 수 있는 성분이에요!

약이 체내로 흡수되면,
남성 태아에게 기형을 유발할 수 있습니다.

보통 코팅이 되어 있거나
캡슐제로 나오긴 합니다.

쪼개진 약은
절대 주의!

그럼, 여자는 어떡하라고?!

두피에 바르는 외용제가 있지요! ~~>

머리가 빠져요
- 탈모약 일반 의약품

처방전 없이 약국에서 살 수 있는 '탈모 치료제'는
두피에 직접 바르는 외용제이고,

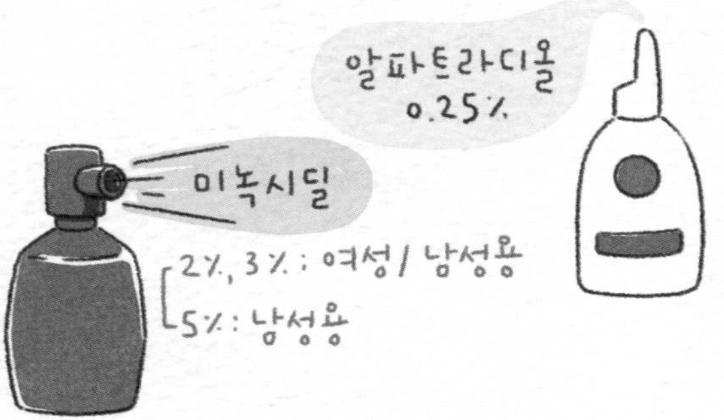

TV 광고로 많이 접하는 먹는약(약용 효모 제제)은
탈모의 '보조' 치료제입니다.

판토텐산, 케라틴,
L-시스틴, 약용 효모,
p-아미노벤조산, 티아민
ex) 판토가, 판시딜 외 다수

이 약들은 이렇게 작용합니다

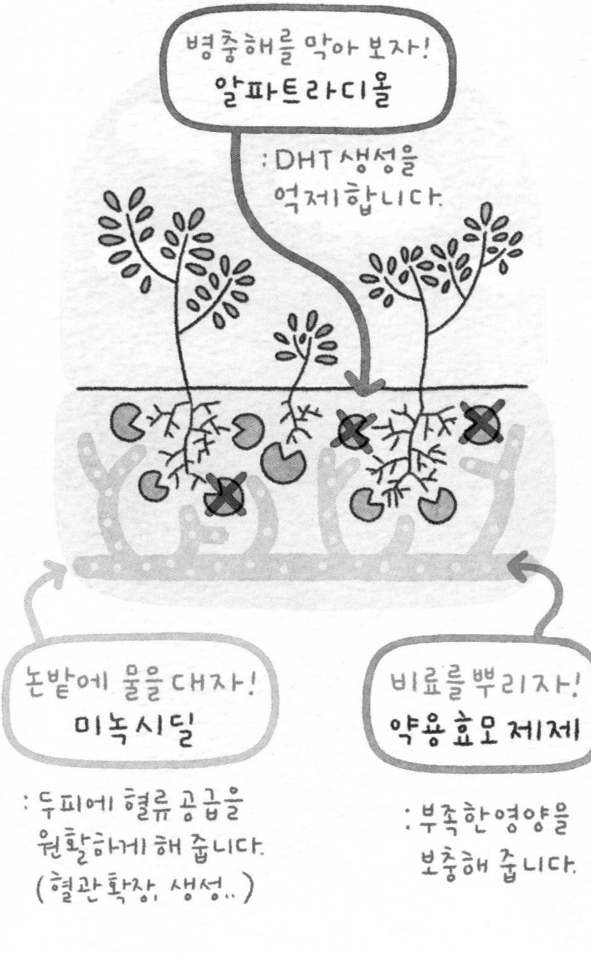

세 약 모두 안드로겐성 탈모에 쓸 수 있습니다.

다만, 여성의 안드로겐성 탈모를
대상으로 한 연구에서

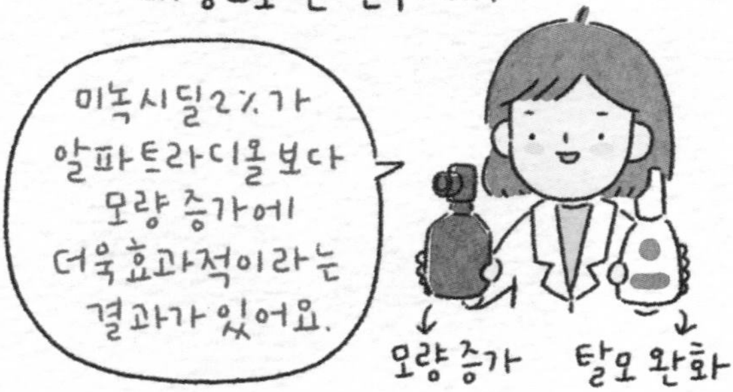
미녹시딜2%가
알파트라디올보다
모량 증가에
더욱 효과적이라는
결과가 있어요.
모량 증가
탈모 완화

→ 미녹시딜부터 단독으로 사용해 보시거나

→ 두 약을 병용하고 싶다면,
아침에는 알파트라디올 ← 사용감이 더 가벼워요.
저녁에는 미녹시딜을 사용해 보는 것을 추천!

안 약,
두피 전체에서 굵은 모발이
갑자기 많이 빠진다면...
휴지기 탈모라고 볼 수 있어요.

모발은 일정한 주기를 따라
새로 나고, 자라고, 빠지기를 반복합니다.
성장기
3~10년
새로운
모발
휴지기
3-5개월

평소,
성장기 모발과 휴지기 모발이
일정 비율로 유지되는데
휴지기 모발의
비율이 늘어나면,
여러 원인으로 인해
스트레스, 다이어트, 출산,
호르몬 이상, 갑상선 질환…
휴지기 탈모가
발생합니다.
이 경우, 알파트라디올은 효과가 없어요.
탈모의 원인을
제거하는 것이 중요하고,
미녹시딜,
약용효모 제제가
도움이 될 수 있습니다.

그런데.. 미녹시딜을 사용하면 치료 초기에
탈모량이 늘어나는 '쉐딩 현상'이 나타날 수 있어요.

새로운 모발이 올라오기 위해
휴지기 모발이 빠지는
정상적인 과정입니다.
치료를 꾸준히 지속하는 것이 중요해요!

입에 빵꾸가 났어요
- 구내염 약

또 왔구나,
입병!!!

피곤하다 싶으면 찾아오는 구내염!

보통 1-2주 이내
자연히 없어지지만,
아프잖아요.

국밥이 먹고 싶다면, 약의 도움이 필요해요.

고통은 일시불로, 회복은 빠르게!

폴리크레줄렌

ex) 알보칠, 페리터치 등.

'구내염' 하면
가장 먼저 떠오르는
지옥의 약!

약을 면봉에 묻혀서
병변에'만' 콕콕 발라 주면,

잠시…
지옥을 맛보게 되지만

고통이 가시고 나면,

야, 너두
국밥 먹을 수 있어!!

한동안 고통은 사라지고,
회복이 빠르게 진행됩니다.

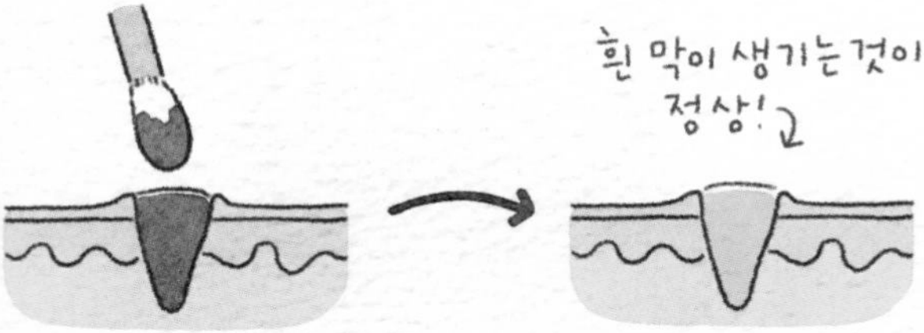
흰 막이 생기는 것이
정상!

강한 산성을 지닌 약이
괴사된 세포에만
작용하여

염증 조직을 제거해
빠른 수복을 유도합니다.
+강력한 살균·소독 효과!

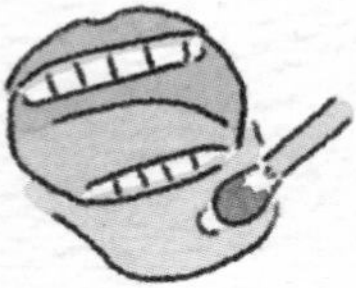

병변에만
콕! 바르고

흰 막이 생기고 나면,
물로 헹궈 내는 게 좋아요.

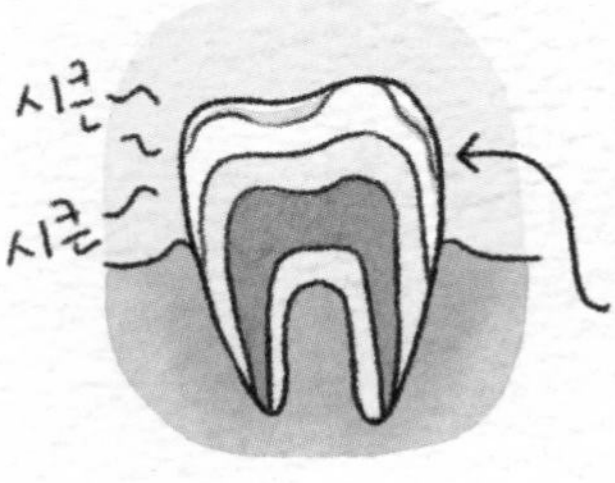
시큰~
시큰~

※주의
약이 치아에 닿으면
치아 표면(법랑질)이
손상될 수 있거든요.

됐고,
아픈거 싫고, 그냥 좀 빨리 낫게 해 줘요.
통증 없이, 염증 완화!
스테로이드 제제
· 트리암시놀론 아세토니드 ex) 오라메디연고, 아프타치정, 아비나파스타 등.
· 덱사메타손 ex) 페리덱스 등.

약을 바를 때 통증이 없고,
염증을 가라앉히는 데 효과적인 약입니다.

?
하지만 구내염으로 인한 통증을 당장 완화시켜 주지는 못해요.

국소 스테로이드는
안전하긴 하다지만...
입 안 이물감도 불편하고요...
소염 진통제 성분의 가글제
디클로페낙
ex) 아프니벤큐액 등
벤지다민
ex) 삼아탄툼액 등
일시적으로 통증(및 염증)을 완화시켜 줍니다.
오굴
오굴
1분 정도
충분히 가글하고
뱉어 낸 뒤,
물로 헹궈 내지
마세요!
이게 포인트!

어차피 며칠 있으면 나을 거...
그냥 통증만 좀 어떻게 해 줘요.

국소 마취 성분(리도카인, 벤조카인) 제제
ex) 페리톡겔, 카이스타드엔겔 등.

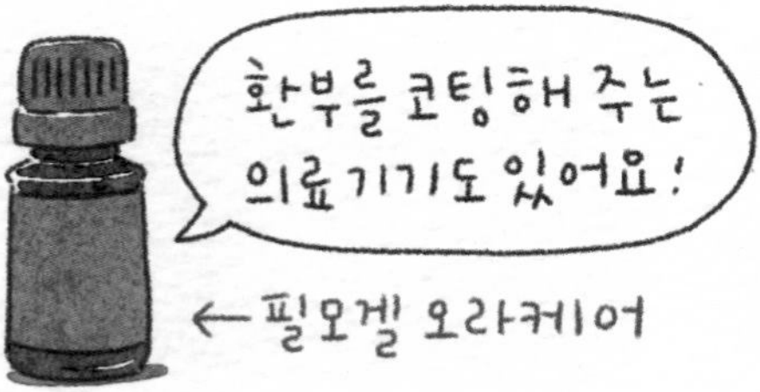

건조시킨 병변에 바르고 마를 때까지 기다리면

물리적인 자극을 차단해 주는 얇은 코팅막이 생겨요.

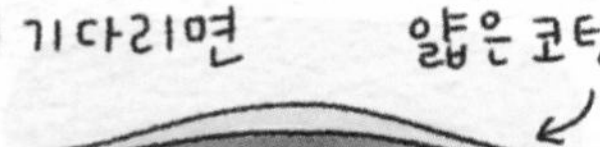

통증 때문에 식사가 어려운 분들에게 추천!

✚ 먹는 구내염 치료제가 있다?!

피로, 영양 부족, 스트레스..는 구내염의 원인이 되고,

이런 연구결과들이 있어서,
▶ 일부 비타민B군 결핍
→ 재발성 아프타 입안염 유발
▶ 비타민B군 보충 시
→ 재발율, 치료 기간이 줄어듦

고함량비타민B군, 아연 및 항산화제가 배합된
영양제를 소포장하여 구내염에 보조적으로 씁니다.
ex) 리보테인정, 구바파정, 오라비텐정 등.

영양제,
먹고 있는데요.

고함량비타민B군 영양제를
이미 복용중이라면,
추가로 복용하지 마세요.

다만,
구내염 예방을 위해
피로, 스트레스 관리는
필요해요!

아니,
또?!
만약
ⓥ 1년에 5회 이상
재발하거나
ⓥ 병변이 3주 이상
지속된다면
→ 전문의의 진료가
필요합니다!

입술에 물집이 생겨요
-구순포진약

잠복하고 있던 헤르페스 바이러스가
활동을 개시합니다.

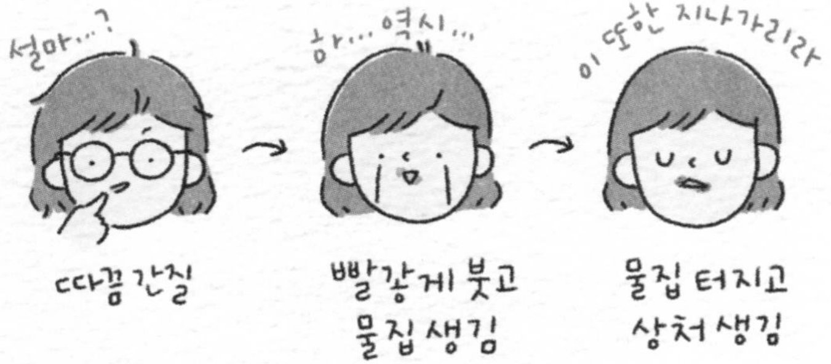

놔두면 1-2주 이내 낫긴 하지만,

항바이러스제
'아시클로버(Acyclovir)'
외용제를 사용합니다.

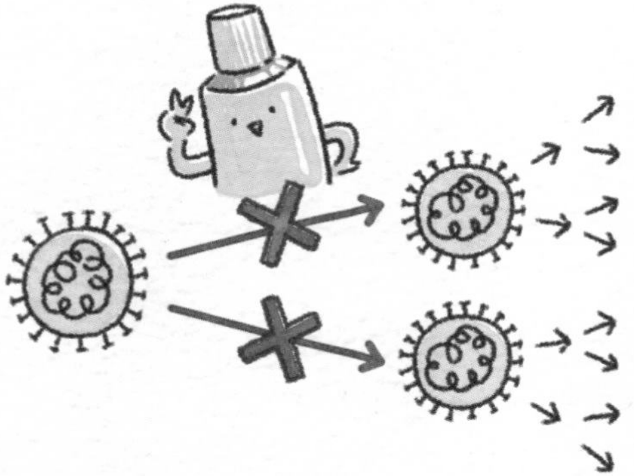

아시클로버는 바이러스 복제를 막아서
바이러스가 더 이상 증식되는 것을 억제합니다.
그러니까 중요한 건...

스피드!

최대한 빨리 약을 사용하는 게 좋습니다.

간질간질
따끔따끔
찌릿찌릿
매운 음식이 묻었나..?
느낌 아니까
병변이 보이지 않아도
전조 증상이 느껴질 때부터
바르기 시작하면 좋아요.

4시간 간격으로

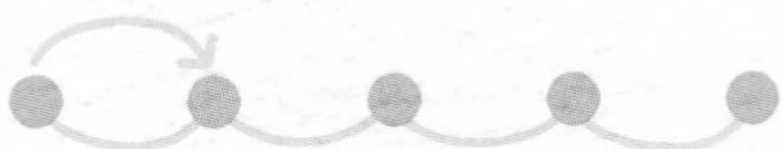

하루에 5번 × 5일 동안 발라주세요.

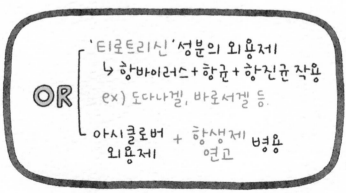

이미 물집이 다 터졌어요..
붓고, 아파요!
이럴 때는...
세균에 의한 이차 감염의 위험이 증가해요.
항바이러스 작용 + 항균 작용이 필요합니다.

OR

- '티로트리신' 성분의 외용제
  - ↳ 항바이러스 + 항균 + 항진균 작용
  - ex) 도다나겔, 바로서겔 등.
- 아시클로버 외용제 + 항생제 연고 병용

만약,

• 가려움이 심하다면
→ 항히스타민제를

• 통증이 심하다면
→ 소염 진통제를

함께 복용할 수 있어요.

병변에 약을 바르고 나면 비누로 손을 씻어 주세요.

손을 통해
바이러스가 전염될 수 있거든요.

재발 방지를 위해,
충분한 휴식과 영양섭취도
잊지 마세요!

알고 먹자,
눈 영양제

…시력을 높여 주는 영양제는 없어요.

루테인은 '황반 변성'의 진행을 늦춰 줄 수 있어요.

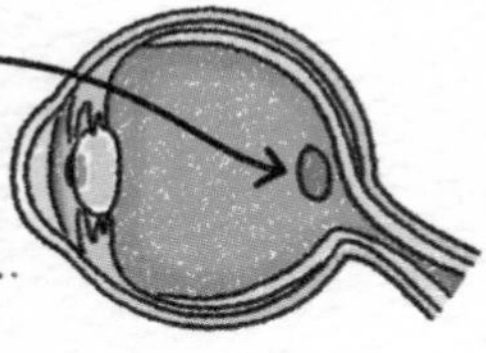

"노화로 인해 감소될 수 있는 황반 색소 밀도를 유지하여 눈 건강에 도움을 줄 수 있음"

이런 분들에게 추천합니다.

- 황반 변성이 있는 분들
- 눈이 침침한 중장년층 분들

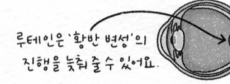

* 영유아, 어린이, 임부, 수유부는 섭취를 피하세요.
* 흡연자 분들은 전문가와 상담 후 복용하세요.

젊은이의 눈도
피로한걸요…

'눈의 피로 개선에 도움을 줄 수 있는'
영양제를 추천할게요.

- 빌베리 추출물(안토시아노사이드)
- 헤마토코쿠스 추출물(아스타잔틴)

눈이 너무
건조해요

오메가3(EPA와 DHA 함유 유지)를 추천할게요.
0.6 – 2.24g / 일

녹내장 개선과 관련하여
연구된 바 있는 몇몇 성분들이 있습니다.

- 은행잎 추출물
- 안토시아닌
- 카테킨
- 레스베라트롤 등.

* 위 성분들의 녹내장 개선 효능이 학문적으로 입증된 것은 아니오니, 복용 전 주치의와 상의하시기 바랍니다.

이 성분들은 모두 '카로티노이드'에 속해요.

함께 복용하면
각 성분의 흡수율이
낮아질 수 있고,

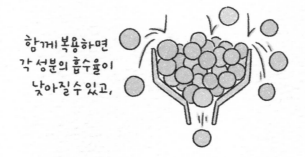

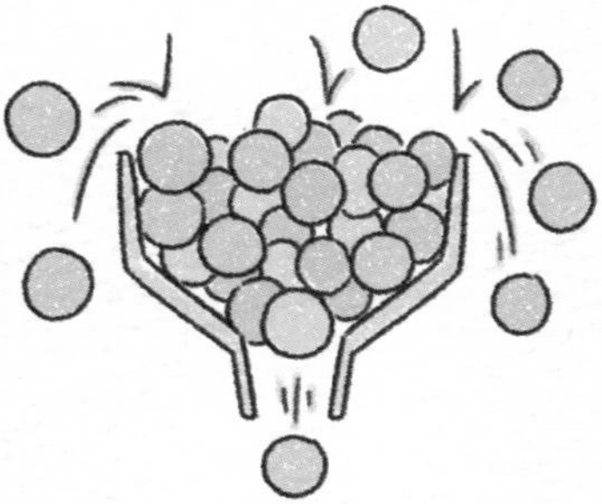

카로티노이드 과량 섭취 시
피부가 일시적으로 황색으로
변할 수 있으니 주의하세요.

수록 의약품

의약품은 약학정보원(health.kr) 기준으로 작성되었습니다.
의약품이 아닌 의약 외품, 의료 기기는 별도 표기했습니다.

감기에 걸렸어요

기가렉스연질캡슐 알피바이오
닥터베아제정 대웅제약
레스피비엔액 제일헬스사이언스
마데카솔겔 동국제약
마데카솔분말 동국제약
마데카솔연고 동국제약(의약 외품)
마데카솔케어연고 동국제약
모가프텐트로키 동화약품
모겐쿨스프레이 대웅제약
목앤스프레이 한미약품
목앤파워스프레이 한미약품
미놀에프트로키 경남제약
베아제정 대웅제약
베타딘인후스프레이 한국먼디파마
복합마데카솔연고 동국제약
스트렙실허니앤레몬트로키 옥시레킷벤키저
스트렙실오렌지트로키 옥시레킷벤키저
시노코프캡슐 현대약품
신신파스아렉스 신신제약
써스펜8시간이알서방정650mg 한미약품
알레그라정120mg 한독
어린이부루펜시럽(80ml) 삼일제약
어린이용타이레놀정80mg 한국얀센
어린이타이레놀현탁액 한국얀센
오트리빈0.05%비강분무액 글락소스미스클라인컨슈머헬스케어코리아
요를레이트로키 대원제약
제일쿨파프 제일헬스사이언스
코푸시럽(20ml) 유한양행
코푸시럽에스 유한양행
콜콜트로키 조아제약
타이레놀8시간이알서방정 한국얀센
타이레놀정160mg 한국얀센
타이레놀정500mg 한국존슨앤드존슨판매
탄툼베르데네뷸라이저 삼아제약
판콜에이내복액 동화약품
판피린티정 동아제약
펜잘8시간이알서방정 종근당
포비딘인후스프레이액 퍼슨
후루케어캡슐200mg 일동제약
훼스탈골드정 한독
훼스탈플러스정 한독

상처가 났어요

노블루겔 제이더블유중외제약
도다나겔 동아제약
마데카솔겔 동국제약
마데카솔분말 동국제약
마데카솔케어연고 동국제약
메디폼 듀얼액션 한국먼디파마(의료 기기)
메디폼 실버 한국먼디파마(의료 기기)
미보연고 한도상사
바네포연고 대한약품공업
바로서겔 일양약품
바스포연고 녹십자
베노플러스겔 유유제약
베아로반연고 한올바이오파마
벤트플라겔 태극제약
복합마데카솔연고 동국제약
비아핀에멀젼 고려제약
비판텐연고 바이엘코리아
성광리도아가아제 퍼슨
솔트액 그린제약
애니클렌액 퍼슨
에스로반연고 제이더블유신약
쿼드케어연고 일양약품
타바겐겔 동국제약
태극아즈렌에스연고 태극제약
프라믹신연고 태극제약
후시딘겔 동화약품
후시딘연고 동화약품
후시딘히드로크림 동화약품

속이 불편해요

가소콜액 태준제약
개비스콘더블액션현탁액 옥시레킷벤키저
굿모닝에스과립 한풍제약
까스앤프리츄정80mg 한미약품
노보민시럽 삼익제약
다이롭현탁액 삼아제약
둘코락스에스장용정 오펠라헬스케어코리아
둘코소프트산 오펠라헬스케어코리아
듀락칸이지시럽 제이더블유중외제약
디노타시럽 조아제약
레피즈캡슐 삼진제약
로이디펜캡슐 미래바이오제약
로파인캡슐 태극제약
로페리드캡슐 한미약품
로프민캡슐 영일제약
마그밀정 삼남제약
마미즈시럽 퍼슨
멀스토구강용해필름 고려제약
메이킨큐장용정 명인제약
메카인정 태극제약
멕시롱액 동아제약
무타실산 일양약품
뱅드롱액 부광약품
변쾌락과립 익수제약
보나링츄어블정 일양약품
소보민시럽 삼익제약
슈멕톤현탁액 일양약품
스타빅현탁액 대웅제약
스피롱액 에이치엘비제약
아기오과립 부광약품
아락실과립 부광약품
아메론캡슐 시믹씨엠오코리아
에세푸릴캡슐 부광약품
위엔젤더블액션현탁액 제이더블유중외제약
윌로겔더블액션현탁액 유한양행
이지롱내복액 에이프로젠바이오로직스
장쾌락시럽 한미약품
차배비시럽 텔콘알에프제약
크리맥액 일양약품
키미테패취 명문제약
탈스탑캡슐 조아제약
토스롱액 동성제약

트리겔현탁액 대원제약
포타겔현탁액 대원제약
포탈락산 유한양행
폴락스산 안국약품
후라베린큐엑스정 일동제약

피부에 뭐가 나요

노스엣센스액 신신제약
노스엣액 신신제약
더마화이트정 현대약품
데오란트액 태극제약
데오클렌액 퍼슨
도미나크림 태극제약
드리클로액 글락소스미스클라인컨슈머헬스케어코리아
라미실크림 글락소스미스클라인컨슈머헬스케어코리아
락티케어에취씨로션 한국파마
멜라클리어어드밴스정 동성제약
멜라토닝크림 동아제약
멜린씨정 테라젠이텍스
무조날쿨크림 한미약품
무조날파워스프레이액 한미약품
무조라실쿨크림 일동제약
바르지오모두크림 동화약품
삼아리도멕스크림0.15% 삼아제약
스웨트롤패드액 퍼슨
스웨티브센스액 퍼슨
쎄레스톤지크림 유한양행
아젤리아크림 레오파마
애크논크림 지엘파마
카네스텐크림 바이엘코리아
큐아크네크림 광동제약
클리어틴외용액2% 한독
터비나플러스크림 고려제약
터비뉴더블액션겔 동아제약
테르비플러스크림 신일제약
트란시노정 보령제약
파티마겔2.5% 태극제약
풋원겔 현대약품
피엠외용액 경남제약
피엠졸큐액 경남제약

여성들만 아는

굿포미정 조아제약
다온정 일동제약
디어미순정 녹십자
디어미정 녹십자
라니아정 현대약품
릴리애정 한국파비스제약
마이보라정 동아제약
머시론정 알보젠코리아
멜리안정 동아제약
미뉴렛정 한국화이자제약
미니보라30 동아제약
바라온정 일동제약
보니타정 현대약품
부스코판당의정 오펠라헬스케어코리아
부스코판플러스정 오펠라헬스케어코리아
세나서트2mg질정 알보젠코리아
센스가드이브정 태극제약
센스가드정 태극제약
센스데이정 유한양행
센스데이큐정 유한양행
센스리베정 광동제약
순아리정 지엘파마
순하나정 광동제약
싸이베린정 미래바이오제약
쎄스콘노아정 지엘파마
쎄스콘미니정 지엘파마

애니브정 경동제약
야스민정 바이엘코리아
야즈정 바이엘코리아
에이리스정 한국화이자제약
이부프렌드연질캡슐 부광약품
이지엔6이브연질캡슐 대웅제약
지노베타딘질좌제 에이치엘비제약
카네스텐질정 바이엘코리아
클래라정 바이엘코리아
탁센이브연질캡슐 녹십자
트리퀼라정 동아제약
펜잘레이디정 종근당
포머렐정0.075mg 알보젠코리아

이럴 땐, 어떤 약을 써야 하나요?

구바파정 아이월드제약
뉴브이로토이엑스점안액 보령제약
단자민정 고려제약
도다나겔 동아제약
듀라티얼즈안연고 한국알콘
레돌민정 광동제약
로토지파이뉴점안액 보령제약
리보테인정 조아제약
리안점안액(1회용) 파마리서치
리포직점안겔 바슈헬스코리아
바로서겔 일양약품
삼아탄툼액 삼아제약
슬리펠정 한미약품
아론정 알리코제약
아보다트연질캡슐0.5mg 글락소스미스클라인
아비나파스타 태극제약
아이미루40이엑스골드점안액 라이온코리아주식회사
아이미루40이엑스마일드점안액 라이온코리아주식회사
아이미루40이엑스점안액 라이온코리아주식회사
아졸정 알파제약
아프니벤큐액 코오롱제약
아프타치정 동화약품
알보칠콘센트레이트액 셀트리온제약
오라메디연고 동국제약
오라비텐정 동국제약
카미스타드엔겔 진양제약
판시딜캡슐 동국제약
판토가캡슐 메디팁
페리덱스연고 녹십자
페리터치액 녹십자
페리톡겔 퍼슨
프렌즈아이드롭점안액 제이더블유중외제약
프로페시아정1mg 한국오가논
필모겔 오라케어 JW중외제약(의료 기기)